# Treibstoff

Colin Böttger

# Treibstoff

Atlantik

**Die Deutsche Bibliothek - CIP Einheitsaufnahme**
Ein Titeldatensatz für diese Publikation ist bei der Deutschen
Bibliothek erhältlich.

2. Auflage: Dezember 2000

(c) 2000 by Atlantik
Verlags- und Mediengesellschaft
Elsflether Str. 29, 28219 Bremen
Fon: 0421-382535 * Fax: 0421-382577
e-mail: atlantik@brainlift.de
www.atlantik-verlag.de

Umschlaggestaltung: Atlantik, Satzstudio Trageser
Gesamtherstellung: Interpress, Budapest

Wir danken dem Senator für Inneres, Kultur und Sport, Bremen, für die freundliche Unterstützung bei der Herausgabe
dieses Buches.

ISBN 3-926529-56-3

# Treibstoff

# Lokalgröße zählt nicht

*You might think
this is a song
- you´re wrong
it´s only the intro*
The 2nd

»Verzeih mir, Mutter. Ich hab mich heute sinnlos betrunken.«

Mick rief es allen zu und fuhr mit seinem alten Fahrrad auf direktem Wege in den Pool. Die Leute am Beckenrand sprangen auf und applaudierten, als er dem flutlichtbestrahlten Wasser entstieg. Sie dachten wohl, er wäre vom Himmel gefallen.

Es war Heikes siebzehnter Geburtstag. Wir waren alle ungefähr siebzehn, in der elften Klasse, und glaubten an keinerlei Zukunft. Am wenigsten Heike selbst, die, wie man mir gesteckt hatte, in ihrem Zimmer auf mich wartete.

Auf der Schule und sogar darüber hinaus genoß sie nicht gerade den Ruf, unberührbar zu sein. Tatsächlich brüsteten sich viele Jungen damit, sie schon gehabt zu haben. Einige taten es durch die Blume, andere nicht. Ich wollte nur zum großen Kreis der Eingeweihten gehören. Ansonsten wollte ich so vieles, aber jetzt nur das.

»Na, Daniel? Man hört so komische Gerüchte über dich und die Gastgeberin. Stimmt es denn?«

Vor mir stand der tropfnasse Mick und sah mich prüfend

an. Wir kannten uns seit Beginn der Schule und waren immer Freunde gewesen, doch seit einiger Zeit mißtrauten wir uns. »Und das Rad?« fragte ich scharf.

»Dort unten«, erklärte er. »Da klaut es schon keiner.« Schon ging er wieder, weil viele Leute nach ihm riefen. Ich schlüpfte durch die Terrassentür in das riesige Haus und konnte deutlich fühlen, daß ich hier unter normalen Umständen nicht erwünscht gewesen wäre. Aber Heikes Eltern waren in Südafrika und während ich die Treppe emporstieg und den düsteren Traum von Eroberung träumte, meldete sich mein Gewissen nicht. Ihr Zimmer kannte ich bereits.

Vor ein paar Tagen hatte ich sie am Nachmittag besucht. Sie hatte ein paar glücksbringende Pillen eingeworfen und gefragt, wie es nur sein konnte, daß wir in einer Welt lebten, in der geliehene Gefühle die besten waren. Ich hatte bloß zynisch gehofft, daß Drogen und Sex in einer direkten Verbindung standen, aber so schlicht war das nicht. Heike hatte auf ihrem Bett gesessen, die Knie angewinkelt und ihre Arme um sie geschlungen. Diese Geste hatte mir Unbehagen bereitet, und ich war gegangen.

Trotzdem zögerte ich jetzt höchstens eine Millisekunde, bevor ich die Tür einfach aufstieß.

Ich tappte herein und sah mich hilfesuchend um, aber Heike war nicht da. Ich starrte entgeistert auf die Falte in ihrem Kopfkissen. Die Bettwäsche war in leichte Unordnung geraten. Ihr Bett war überhaupt in einem geeigneten Zustand, Berührungsängste abzubauen. Ich setzte mich hinein. Der Waschpulvergeruch ihres Lakens war überwältigend, aber das half mir auf Dauer nicht über die Gewißheit hinweg, daß ich mich wie ein Idiot zu fühlen hatte.

Ich war enttäuscht, nicht nur über das hier. Schon seit einiger Zeit genügten kleine Mißerfolge, um mich alles in Zweifel ziehen zu lassen. Trotz des Sommers und der vielen Parties fand ich, daß das Leben sein Versprechen nicht einhielt. Daß es an mir vorüberzog, ohne mich als Gefährten in Betracht zu ziehen. Ganz so wie Lena, die ich schon als Kind geliebt hatte.

Sie war schon seit einer Ewigkeit weg, und daß ich jetzt wieder an sie dachte, war der Beweis, daß etwas nicht stimmte.

Ich schloß die Augen und beschwor ihr Bild herauf. Dabei merkte ich zu spät, daß jemand die Treppe hinaufkam. Ich schnellte aus dem Bett, und nur einen Augenblick später stand Mick, immer noch tropfnaß und mir wie das Monster aus dem Sumpf erscheinend, in der Tür.

»Ich wollte nur stören«, sagte er und grinste bösartig. Plötzlich war ich einer Meinung mit den Leuten, für die Mick ein hochgiftiges Exemplar der ohnehin gemeingefährlichen Gattung Mensch war.

»Aber du siehst ja, du störst gar nicht.«

»Okay, kommst du mit runter?« Ich ging an ihm vorbei durch die Tür. Draußen auf dem Flur hielt er mich am Arm fest. »Du bist ja ganz schön kaltblütig geworden. Bist du so, weil du sowieso sitzenbleibst?«

Tatsächlich waren alle meine Vieren, die ich als sicher eingestuft hatte, ins Wanken geraten, aber das beunruhigte mich nicht wirklich. Schlimm war, daß ich keinen Faden fand, an den ich mein Leben knüpfen konnte. »Also«, zischte ich, »was wolltest du hier? Was sollte dein Auftritt?«

Er grinste nur. Vielleicht mochte er Heike wirklich, aber vielleicht war er auch nur hochgiftig, oder ich war ein Arschloch. Ich hob ratlos die Schultern. Wir gingen, jetzt schon friedlicher gestimmt, die Treppe hinunter, durchquerten das mittlerweile von Betrunkenen bevölkerte Wohnzimmer, in dem sich der süße und schwere Haschischdunst ausgebreitet hatte und traten hinaus in den Garten.

Hier stand es sogar noch schlimmer. Der Garten hatte seinen feudalen Charme völlig eingebüßt. Keiner von uns hatte ein Auge für die spezielle Anordnung der Blumenbeete und Rhododendronbüsche, in den Kleidungsstücke hingen, die wie Fahnen einer zerstörerischen Invasionsstreitmacht im Nachtwind wehten.

Heike war nicht zu finden, und alle anderen wußten nicht mehr, was sie taten. Nur diejenigen unter uns, die ein Faible für Mathe hatten, was ich als einen Versuch wertete, den eigenen zweifelhaften Gelüsten zu entfliehen, standen herum und suchten über viele Meter hinweg Augenkontakt zu ihresgleichen.

Sie fanden sich und schüttelten einhellig die Köpfe, als wollten sie sagen: So sind wir doch nicht. Aber ich wußte, hinter ihrem resoluten Kopfschütteln versteckte sich etwas Monströses. Es konnte sein, daß sie eines Tages die Welt in die Luft jagten, Pest- und Lepraviren miteinander kreuzten, oder eine Tarnvorrichtung für Bomber erfanden, von der Klingonen nur träumen konnten.

»Verschwinden wir«, schlug ich vor, als wir den Pool erreichten. Das zarte Blau des gechlorten Wassers, das im Flutlicht sonst wohl umso paradiesischer wirkte, war von dunklen Flecken durchsetzt. Plastikbecher, Pappteller und Zigarettenstummel tanzten auf der bewegten Oberfläche, und wir mußten noch das blöde Rad herausfischen.

»Wenn du es holst, nehm ich dich hinten drauf«, bot Mick mir an. Er wartete meine Antwort nicht ab, sondern versetzte mir einen Stoß, der mich in den Pool warf. Es war nicht kalt, und das Chlorwasser reizte angenehm meine Augen.

Ich wäre sowieso gesprungen. Deshalb tauchte ich ohne Widerworte zum Grund und brachte das Rad mit. Mick hievte es an Land.

Die Nässe machte mir Spaß. Vom Bauch ausgehend lief eine Welle des Kribbelns hinunter zu den Zehen und hinauf bis in die Haarspitzen. Ich fühlte mich frei.

Wir rauchten schweigend auf dem Rasen. Von meinem nassen Haar fiel ein Wassertropfen auf die Zigarette. Es zischte, und der Geschmack war noch deutlicher.

»Wollen wir los«, fragte Mick, »oder läßt du hier wichtige Freunde zurück?«

»Nicht, daß ich wüßte.« Ich fragte mich, ob ich der verpaßten Gelegenheit mit Heike nachtrauerte und kramte in mir nach einer Verstimmung, aber da war nichts. Trotzdem beschwerte ich mich.

»Den Abend hast du mir sowieso ruiniert.«

»Wenn dich das schon umhaut, dann verdienst du es nicht, spät in der Nacht auf einen Schatz zu stoßen.«

»Was kann denn so kostbar sein?«

»Komm jetzt.« Mick machte sein Rad startklar. Es ächzste unter unserem Gewicht. Vermutlich war es mindestens doppelt so alt wie wir beide zusammen. Mick stemmte sich in die Pedalen, und ich schlang meine Arme um seine Hüften. Wir waren wieder Freunde. Einen Blick gönnte ich noch dem hellerleuchteten Haus, das einem wirklich leid tun konnte.

Wir aber verließen das sinkende Schiff im Glauben an eine vollkommene Unschuld, was uns selbst betraf, und die Milde der Juninacht umgab uns wie ein schützender Mantel.

Das Frühjahr hatte mir in allen Leistungsbereichen, in denen ich mich bewegte, furchtbare Schlappen beschert. Es war nicht nur die Schule, sondern man hatte mich außerdem noch wegen ungebührlichen Betragens aus meinem Tennisteam entfernt. Das hatte mich anfangs schon getroffen und Rachegelüste in mir geweckt.

Mit Ruben, einem stets bemühten, aber dennoch erfolglosen Mitschüler, der unter Akne und diversen Neurosen litt, kehrte ich in der darauffolgenden Nacht zur Tennisanlage zurück. Wir enterten den Centercourt und leerten dort, die Rücken an das straffe Netz gelehnt, eine Flasche billigsten Whisky und beklagten uns über dies und jenes. Das ging so weit, daß ein Dritter nicht mehr gewußt hätte, wer von uns beiden der größere Versager war. Ich jedenfalls wußte es nicht mehr. Schließlich kotzten wir uns vor die Füße und damit auf den Platz, der mir schon weit ruhmreichere Momente beschert hatte.

Ich war mit dem mulmigen Gefühl gegangen, daß in der beruhigenden bürgerlichen Sphäre kein Platz mehr für mich war. Das hatte mich anfangs ernsthaft verstört, aber diese Art von Furcht war verflogen.

Mir war klar, daß es in meinem jungen Leben nicht um

Sicherheit gehen konnte, doch mit dem Fehlen der Sicherheit stellte sich nicht automatisch das Abenteuer ein.

Ich merkte, daß ich nichts Aufregendes tat, nichts von Bedeutung. Und so hatte ich begonnen, wieder an Lena zu denken.

Gerade jetzt, als zwischen zwei großen Häusern ein dahinter liegender Acker sichtbar wurde, sah ich sie wieder vor mir. Diese Ackerflächen am Stadtrand bereiteteten mir aus irgendeinem Grund Sorgen. Es war, als würde es die große Welt nicht mehr geben.

Mick bemühte sich, trotz meines Gewichtes, das schwer auf dem Hinterreifen lastete, um Maximalgeschwindigkeit. Mit traumwandlerischer Sicherheit umfuhr er Schlaglöcher und tauchte unter tiefhängenden Ästen hindurch.

Als wir Asphalt unter uns hatten, erhöhte er das Tempo noch. Ich mochte den Fahrtwind, das Surren des Dynamos und die Laternen, die uns in einem freundlichen Orange entgegen leuchteten. Auf dieser verschlafenen Straße waren wir konkurrenzlos. Das änderte sich jedoch, als wir in die City unserer Kleinstadt einfuhren. Hier war das echte Buchholz, unser eigentliches Exil. So sehr Mick sich auch anstrengte, er konnte nicht verhindern, daß jeder Manta und jeder aufgemotzte BMW an uns vorbeizog. Die waren es nämlich, die hier regierten. Sie suchten ihr nächtliches Heil in irgendeinem Billardcafe oder Bistro. Und die meisten von ihnen johlten uns irgendwas zu, wenn sie überholten.

Antworteten wir, wie es die Situation erforderte, bekamen wir eine rein. Das kannten wir schon und hielten deshalb den Mund.

Diese ständige Bedrohung hatte mich in die Fänge eines rüden Karatelehrers getrieben, was ich aber verheimlichte. Und ein Ersatz für Tennis war das nicht. Jedenfalls nichts, was mir bewies, daß ich nach bürgerlichen Maßstäben funktionieren konnte.

Aber das kümmerte mich ja nicht mehr.

»Wohin fahren wir eigentlich?« fragte ich Mick, aber er wußte es auch nicht.

Wir erreichten die Fußgängerzone, die bis auf die vier oder fünf Obdachlosen der Stadt menschenleer war. Aber eines war unnormal. Überdimensionale Schaumfetzen hingen wie kleine Wolken in der Luft. Eine Laterne war völlig eingehüllt. Es dauerte nicht lange, bis wir auf die Quelle stießen.

Vor dem roterleuchteten Springbrunnen im Zentrum der Fußgängerzone hockte ein Typ, der den Kopf hängenließ. Der hatte wahrscheinlich etwas in das Wasser gekippt, denn es schäumte wie wild. Der Schaum bildete bereits eine meterhohe Mauer um die Fontäne herum. Ein weiterer Fetzen löste sich und wehte uns entgegen.

»Scheiße«, sagte Mick, »das ist Piet!«

»Sicher?« Außer den Prolls in ihren Autos hatte Buchholz noch die Abandoned Sons. Eine Band, die im Untergrund agierte und eine Art Industrial Rock spielte. Micks Cousin Ralf war der Sänger. Die Bandmitglieder waren alle über zwanzig, und Ralf war der, der das Sagen hatte. Als wir elf waren, war er schon ein Punk gewesen, der das schwarze Herz der Welt kannte, auch wenn sein Name nicht darauf hindeutete. Piet war der Gitarrist. Wir rüttelten ihn, bis er endlich den Kopf hob.

»Verdammt, Piet, was machst du denn hier?«

Piet sah aus, als hätte er geheult. Ich trat einen Schritt zurück.

»Es hat eh keinen Sinn mehr«, meinte er, »ich warte nur noch auf die Bullen.«

»Ja, aber warum ziehst du das denn hier ab? Was ist denn passiert?«

»Frag das doch deinen Cousin. Er hat mich rausgeworfen. Seine Freundin spielt jetzt für mich. Ralf sagt, daß das bei Sonic Youth auch so ist. Und Schluß.« Er ließ den Kopf wieder sinken. »Und ich dachte, daß wir zusammen explodieren würden und daß unsere Funken sich über den gesamten Planeten verteilen.«

Und ich dachte, daß man dafür schon im Zentrum der Welt sein müßte und nicht in Buchholz, aber das sagte ich nicht. Ich fand es komisch, daß er sich vor uns so gehen ließ, wo wir doch so viel jünger waren. Jetzt wuchsen wir auf seine Kosten.

Aber Mick nickte verständnisvoll. »Komm schon«, sagte er. »Ralf ruft dich bestimmt bald wieder an. Vielleicht schon morgen.«

Piet hob den Kopf und schüttelte ihn. »Dann will ich euch mal was sagen. Es gibt kein morgen.«

Ich verschränkte die Arme. Piet war kein Abandoned Son mehr. Er tat mir leid, nicht zuletzt, weil er über zwanzig war und nichts hatte.

Natürlich, ich kannte viele Geschichten von Leuten, deren Leben danebengegangen waren, aber ich hatte immer an die Romantik des Scheiterns geglaubt. Aber Piet tat mir leid. Vielleicht, weil er nicht mehr jung genug war, weil er sich nicht mehr unbegrenzt ausdehnen konnte, ich wußte es nicht genau. Ich wußte aber, daß wir es noch konnten.

Mick schlug vor, direkt zum Probenraum der Band zu fahren, um für Piet zu sprechen, und ich hatte nichts dagegen. Piet war alles egal.

Wir verließen ihn mit den besten Wünschen.

»Wie alt ist Ralf jetzt eigentlich?«

»Dreiundzwanzig.«

In einer Lagerhalle unweit des Bahnhofs fand das große Ereignis statt. Mick führte uns zum Hintereingang und hämmerte gegen die Stahltür. Ein älterer Typ in speckiger Lederkluft öffnete uns. Er war nicht gerade erfreut, aber er nahm uns mit hinein. Auf dem Weg durch die Lagerhalle machte ich einen Karton auf. Er war ungeheuer schwer, barg aber keinen Schatz, sondern Lederreste.

Die Band hockte auf einem abgewetzten Sofa und Ralfs Freundin auf ihm. Sie sah wirklich ziemlich gut aus. Alle rauchten Wasserpfeife.

Ralf empfing uns auch nicht gerade freundlich. »Was willst

du denn hier?« wollte er von Mick wissen. Er trug noch immer den berüchtigten Irokesenschnitt, von dem Mick vor so vielen Jahren geschwärmt hatte.

»Wir waren schwimmen«, sagte Mick, »und wir haben Piet getroffen.«

»Tja, mit Piet sind wir leider fertig. Damit muß er klarkommen.«

Aber Mick ließ nicht locker. »Bist du Geschäftsmann geworden?«

»Verzieh dich!« Diesem Ralf war offensichtlich nicht klar, was für ihn auf dem Spiel stand. Wir waren die letzte Generation, die von den Abandoned Sons Notiz nehmen würde, und zwar nur so lange, bis wir endgültig besser waren als sie.

Ralf und Mick stritten noch eine Weile herum, dann schleppte sich die Band zu den Instrumenten. Die Musik sollte schräg und unheilvoll sein, aber sie war es nicht. Ich sah kurz dem Fingerspiel von Ralfs Freundin zu, dann ging ich hinaus.

Ich dachte, wenn es mit dem Dasein als Rockstar nicht klappte, dann war da ja noch die Lagerhalle. Und es gab mehr Lagerhallen als Rockstars. Aber es schien mir unmöglich, diesen Gedanken auf mich zu übertragen. Ich konnte mir bei aller Furcht nicht vorstellen, diese Stadien zu durchlaufen.

Es gab sicher eine Möglichkeit, auf das Dach der Halle zu klettern. Ich fand die Sprossen und tat es. Es gefiel mir gut. Der Mond schien überall hin, besonders auf meinen Schwanz, der Richtung Hamburg zeigte. Aber ich wollte nicht und drückte meine zusammenhangslose Erektion geduldig herunter. Dafür schlang ich die Arme um mich. Buchholz war auch von hier kein schöner Anblick. Ich versprach mir und allen Geistern, die vielleicht mit mir waren, niemals so klein zu werden.

Irgendwo, ganz weit weg von hier, war Lena. Sie mußte jetzt auch so zweiundzwanzig sein, aber sie hatte mit dem hier nichts zu tun. Ich mußte nur weiter wachsen, dann würde ich ganz automatisch auf sie treffen.

Und wenn mir das Wort Zukunft auch nicht viel sagte, irgendwie glaubte ich doch daran, dem Ziel nahe zu sein. Ich glaubte auch, daß ich es erreichen würde, wenn ich mich nur noch etwas weiter hinaus in die Nacht wagte.

# Nüchtern

*Lips cracked dry*
*tongue will burst*
*´say angel come*
*and lick my thirst*
PJ Harvey

Meinen siebzehnten Geburtstag feierten wir zwei Tage lang auf einem Festival. Es lief alles ganz gut bis zu jenem Mittwochmorgen, an dem unser Klassenlehrer mit noch ernsterer Miene als gewöhnlich vor uns trat und uns sagte, daß Simon tot wäre.

Simon hatte sich umgebracht. Simon war noch nicht einmal siebzehn gewesen. Ein Junge aus unserer Klasse. Er hatte im Unterrrricht immer direkt vor mir gesessen.

Ich starrte durch das neu entstandene Loch hindurch auf die unbeschriebene Tafel. Ich wußte nicht viel über ihn. Er hatte Mathematik gemocht, ein paar Freunde gehabt und war weder übermäßig still noch aufbrausend gewesen. Die Klasse wurde nach Hause geschickt.

Simon hatte sich umgebracht. Er hatte sich vor den Zug geworfen.

Er war auf Heikes Party gewesen. Hatte er ihr nicht Nachhilfe in Mathe gegeben? Vielleicht hatte er mitbekommen, wie ich zu ihr gegangen bin. Vielleicht wegen Heike, wegen mir...

Ich versuchte, mich an irgendein Signal zu erinnern, das er mir gegeben haben mochte. Ein Seitenblick, ein Senken des Kopfes; mir fiel nichts ein. Vielleicht hatte er es auch gar nicht bemerkt. Vielleicht war auch alles ganz anders.

Am nächsten Tag stand es in der Zeitung. Simon hatte sich vor den Regionalexpress geworfen, der stündlich von Hamburg nach Bremen fuhr. In seinem Körper wurden nachweislich keine Spuren von Alkohol oder Drogen gefunden.

Am Nachmittag ging ich mit Mick zum Bahnhof. Wir ließen den Regionalexpress nach Bremen an uns vorbeirauschen und folgten ihm zu Fuß.

Wir wollten auf den Gleisen bis zum vermeintlichen Ort des Unglücks gehen. Simons Leiche hatten sie einige Kilometer vom Bahnhof entfernt im Gebüsch gefunden. So weit konnte der Zug ihn doch nicht mitgeschleift haben.

Wir wußten nicht, wonach wir dort eigentlich suchten, und es gab nichts, woran wir den Ort des Geschehens als solchen erkennen konnten. Vielleicht dachten wir, daß von dem Bösen, das sich dort abgespielt hatte, irgendetwas zurückgeblieben sein mußte. Ein Kältestrudel, irgendwas.

Aber die Sonne schien hell, und die Vögel zwitscherten albern wie immer im Wald, der sich links und rechts der Gleise kilometerweit erstreckte.

Als wir noch Kinder waren, war das unser Wald gewesen. Schon damals hatten die Gleise gestört.

Nach einer Weile hörten wir hinter uns den nächsten Zug. Er näherte sich, wurde lauter, und zog kurz darauf kreischend an uns vorüber.

Mick und ich hatten uns für diese Zeitspanne in den Wald zurückgezogen, als fürchteten wir, der Zug könnte ausscheren und uns zu fassen kriegen, ohne daß wir das wollten.

Wir erschraken noch einmal, als wir wieder auf die Gleise traten. Etwa dreihundert Meter vor uns löste sich eine weitere Gestalt aus dem Wald heraus. Weil die Sonne uns blendete, konnten wir nicht sehen wer das war, aber die Gestalt bewegte sich in unsere Richtung. Schließlich erkannten wir Tim.

Früher waren wir unzertrennlich gewesen. Ich, Tim, Mick und Benny, der nicht auf unserer Schule war und den ich seit Ewigkeiten nicht gesehen hatte.

Tim grüßte uns. Mit ihm hatten wir auch lange keinen Kontakt gehabt, obwohl er immerhin noch in der Parallelklasse war. Früher war er so etwas wie der Kopf unserer Bande gewesen. Das war in der Zeit, in der wir Lena getroffen hatten. Damals war sie als fünfzehnjährige Ausreißerin in unsere Gegend gekommen, und mit ihr zusammen hatten wir in den Wäldern das Böse in Gestalt von zwei Männern geschlagen. Sie war die unumstrittene Heldin unserer Kindheit.

»Aus dem Wald heraus führt kein Weg zu den Gleisen«, erklärte Tim, »aber ihr kennt den Wald ja.«

Mick und ich schwiegen. Es breitete sich Entsetzen in mir aus. Mick wurde kreidebleich.

»Was willst du damit sagen?« fragte er. Er hatte Mühe, die Frage ruhig zu formulieren, denn die Antwort wußte er schon, und sie war so unheimlich wie Simons Ende selbst.

»Simon kann nicht durch den Wald gekommen sein«, sagte Tim, »es führt kein Weg hierher, und er hat sich bestimmt nicht durch das Dickicht gekämpft. Und von wo sollte er denn gekommen sein? Die nächste Straße ist wer weiß wie weit weg. Und wie soll er zu der Straße gekommen sein? Etwa mit dem Rad?« Tim schüttelte nachträglich den Kopf. Er schwieg. Wir alle schwiegen.

Ich hatte ihn einige Male mit Simon gesehen.

»Hast du Simon gut gekannt?« fragte ich ihn.

»So wie es aussieht, nicht wirklich.« Tim biß sich auf die Lippen.

»Weißt du, ob er in Heike verliebt war?« fragte ich weiter. Mick warf mir einen bösen Blick zu.

»Er hat ihr Nachhilfe gegeben. Sonst weiß ich nichts davon. Aber ich glaube nicht. Wieso? Glaubst du, daß er sich wegen Heike umgebracht hat? Das würde mich wundern.«

Ich hob die Schultern. Wir setzten uns auf die Schienen. Niemand traute sich, die Schlußfolgerung aus dem zu ziehen, was Tim gesagt hatte. Und so war es wieder Tim, der sagte: »Simon muß die Gleise entlang gegangen sein, wie wir. Jeder weiß, daß der Zug stündlich fährt. Simon hat es auch gewußt. Er hat einen Zug am Bahnhof abgewartet und ist losgegangen. Und während er ging, wußte er, daß der nächste Zug schon hinter ihm war. Er hat es die ganze Zeit gewußt. Er wußte, es dauert eine Stunde, bis der Zug ihn einholt. Er wußte, daß er noch eine Stunde hatte.«

Und er hatte es trotzdem getan. Wir zitterten leicht, während wir in der Sonne saßen. Simon hatte eine Stunde Zeit gehabt, seinen Entschluß zu ändern, aber er hatte ihn nicht geändert. Auch dann nicht, als er das Grollen des Zuges schon hörte, wie es unerträglich laut wurde. Er war nicht von den Gleisen gesprungen. Vielleicht hatte er sich nicht einmal umgedreht, sondern war einfach weitergegangen. Oder er war stehengeblieben und hatte sich dem Zug zugewandt.

Ganz sicher hatte Simon auch eine Uhr dabeigehabt. Wenn ich ihn mal was gefragt hatte, dann nach der Zeit. Simon hatte doch immer eine Uhr um. Genau wie Tim, der mit glasigen Augen die Kreisbahn des Sekundenzeigers verfolgte. Mick fragte ihn sogar, wie spät es war und erhielt die Antwort eine halbe Minute später.

Der nächste Zug rollte heran und betäubte uns einmal mehr. Als er wieder außer Hörweite war, nickten wir uns im gegenseitigen Einvernehmen zu und gingen zurück. Bis Buchholz uns wieder aufnahm, hatten wir kein Wort gewechselt, und nicht viel später mußte Tim einen anderen Weg einschlagen.

Am Samstagabend spielten die Abandoned Sons im Jugendzentrum. Damit endete die offizielle Trauerphase. Alle waren ausgelassen, und auch Piet wurde als Gitarrist nicht vermißt.

Die Band gebärdete sich wie eine Herde wilder Hengste. Besonders Ralf, der über alle schiefen Töne, die aus seinem Mund kamen, hinwegtäuschte. Er war ein menschliches Kraftwerk. Er war so sehr reine Energie, daß man die Krater in seinem Gesicht gar nicht bemerkte.

Seine Freundin bewegte sich nicht. Sie stand da wie eine Marmorstatue und sah gut aus. Deshalb hatte man sie in die Mitte gestellt. Allmählich begann ich, an Ralfs neues Konzept zu glauben. Trotzdem ging ich nach dem dritten Song mit Mick vor die Tür.

»Weißt du eigentlich, daß Tims Eltern sich scheiden lassen?« fragte Mick.

»Nein.« Ich war verwirrt. Ich wußte nichts davon.

»Es stimmt aber. Sie leben schon lange nicht mehr zusammen. Sein Alter hat eine Neue.«

»Hat Tim dir das erzählt?«

»Nicht direkt.«

Ich glaubte ihm. Sollte ich die Scheidung bestürzender finden, oder die Tatsache, daß ich über Tim scheinbar nichts mehr wußte? Ich nahm mir vor, endlich mal wieder bei ihm anzurufen. Als meine Gedanken wieder Richtung Simon wanderten, klopfte mir jemand von hinten auf die Schulter.

Es war Ruben. Der Ruben, der mit mir auf den Tennisplatz gekotzt hatte. Er hatte sich kürzlich die Ohren anlegen lassen. Seitdem trug er als Zeichen seines neuen Selbstbewußtseins nur noch schwarze Klamotten. »Was geht ab?« wollte er von uns wissen, und als er nicht gleich eine Antwort erhielt, fragte er: »Was läuft hier ab?«

Jedenfalls wollte er uns mit den Videos »Blade Runner« und »Tanz der Teufel« in sein Haus locken. Seine Eltern wären ausgeflogen.

»Wir können auch an die Bar. Nur vom Feinsten!« Ruben formte mit Daumen und Zeigefinger ein O.

Mick und ich grinsten uns an, aber wir versprachen ihm, nachher bei ihm rumzuschauen, und das taten wir auch.

Seinen Eltern gehörte das Armenhaus in einer königlichen Straße. Dieses Haus war zwar immer noch größer als alle anderen Häuser, die ich von innen kannte, ein Riesenkasten, aber der rote Backstein ließ es wie einen Fleck auf einer weißen Weste aussehen. Das gedämpfte Licht, das durch die Scheiben drang, verriet, daß hier ein Energiesparer zu Hause war.

Für uns war das der Beweis, daß Ruben keineswegs sturmfreie Bude hatte. Aber wir klingelten trotzdem. Ruben war hochrot im Gesicht und bugsierte uns die Treppe hinauf, wobei er mehrmals nervös Richtung Wohnzimmer schielte. Sein Zimmer war der Alptraum eines jeden Jungen, der etwas auf sich hielt.

»Also«, stammelte er, »meine Alten sind leider doch nicht gefahren. Mein Vater hat sich heute verhoben. Aber sonst läuft alles wie gehabt. Wollt ihr 'ne Coke?«

»Geh an die Hausbar, Ruben, und versuch dein Glück.« Während er das tat, ließen wir uns auf »Tanz der Teufel« ein. Unter anderen Voraussetzungen sicher ein Spitzenfilm, aber ich war nicht bei der Sache und lief in dem trostlosen Zimmer auf und ab, bis ich noch eine dritte Cassette aus dem Videoverleih fand. Der Film hieß »Andere Länder, andere Titten«.

Wir vollzogen den Austausch und schalteten so laut, daß man es unten im Wohnzimmer hören mußte.

Ruben stürzte, noch etwas geröteter als bei unserer Ankunft, zur Tür herein. Mick blockierte den Fernseher und warf mir die Fernbedienung zu.

»Jetzt laßt doch den Quatsch.« Aber wir ließen nicht, und etwa eine Minute später wurde die Zimmertür geöffnet. Rubens Mutter steckte den Kopf durch den Spalt. Ihr Blick war, trotz des verräterischen Stöhnens so voller Wohlwollen und Vertrauen. Sie meinte es gut und erwartete nichts anderes von ihrem Sohn. Das Tablett mit den Schnittchen veranlaßte mich, die Stoptaste zu drücken, aber es war zu spät.

»Nicht jetzt, Mama, nicht jetzt.« Der sonst so unbewegliche Ruben warf sich mit solcher Vehemenz gegen die Tür, daß sie zuschlug, als ob da soeben niemand gestanden hätte.

Unmittelbar darauf ein lautes Scheppern und dann Stille.

»Mama?« Ruben öffnete vorsichtig die Tür. Da lag Mama mit offenem Mund und Tablett auf dem Bauch im Flur. Die Schnittchen waren ausnahmslos auf die fette Seite gefallen. Ruben las sie hastig auf, während wir uns an ihm vorbeischoben und das unglückliche Haus verließen.

Der Wind strich über unsere Rücken und drückte uns eine kleine Anhöhe hinauf. Von dort warfen wir einen letzten Blick auf das Haus.

Es war genau dieser Wind, der uns immer hatte glauben lassen, daß die Welt uns gut aushalten konnte, daß alles gar nicht so schlimm war, aber derselbe Wind verweigerte uns jetzt seinen Zuspruch. Eigentlich tat er das schon seit Simons Tod.

»Und jetzt?« wollte ich von Mick wissen.

»Nicht immer die anderen fragen«, meinte er. Die Antwort hatte zur Folge, daß ich eingeschnappt einen anderen Weg einschlug. Ich fuhr durch eine Fertighaussiedlung, die von zwei großen Mietshäusern überragt wurde. Manchmal kam es von dort zu Überfällen.

Ich begegnete drei Kids, die die Häuser hinter den Gärten mit rohen Eiern bewarfen. Nur weiter so, dachte ich, wenn auch ohne echte Begeisterung.

Ich fuhr einen Umweg, bloß um an dem Haus vorbeizukommen, in dem Tim wohnte. Seine Schreibtischlampe brannte. Immer wenn ich zu einer Party fuhr oder von einer Party kam, brannte seine Schreibtischlampe. Es war, als hielte er eine Mahnwache ab. Als gäbe es keinen Bereich, in dem die Schule nicht fortwirkte.

Ich legte mein Rad im Vorgarten ab, fand einen Tannenzapfen und warf ihn behutsam gegen sein Fenster. Tim ließ sich sehen, und er ließ mich auch herein. Er sah zwar auf die Uhr, wirkte aber dennoch irgendwie erfreut über meinen späten Besuch. Ich war lange nicht mehr bei ihm gewesen.

»Aber sei leise«, schärfte er mir ein, »ich bin froh, daß meine Mutter endlich schläft.« Wir schlichen die Treppe hinauf in sein Zimmer.

»Darf ich rauchen?«

»Aber mach das Fenster auf.«

Ich tat es, steckte mir eine an und ließ meine Blicke über den ordentlichsten Schreibtisch der Welt wandern. Eine Etage tiefer schneuzte sich seine Mutter überlaut.

»Von der Sache mit meinen Eltern hast du ja wohl gehört«, sagte Tim.

»Erst heute hat Mick es mir erzählt.«

»Naja, mein Vater ist jedenfalls bei seiner Neuen. Seit zwei Monaten lebt er fast nur noch dort. Bald wird er ganz ausziehen. Meine Mutter hat lange Zeit nur rumgeheult. Mittlerweile geht es eigentlich.«

Ich nickte, weil mir sonst nichts dazu einfiel.

»Und was machst du so?«

Ja, was machte ich? Ich wußte nicht, welche Sorgen ich zu bieten hatte, außer daß ich in diesem Jahr in der Schule zu schlampig gewesen war und vielleicht sitzenblieb. Außerdem versuchte ich, das Leben zu schmecken, aber ich nahm nur weiche Drogen. Es ging mir auch nicht wie Simon. Da war nichts, das mich wirklich in Gefahr brachte.

»Ich streif so durch die Gegend«, meinte ich. Ich sagte das ein bißchen so, als wäre damit etwas Tolles verbunden, so, als sollte Tim das ruhig auch mal probieren.

Er hob die Schultern. Am Rand seines Schreibtischs lag ein umgedrehtes Foto.

»Kann ich mal?« fragte ich, wartete aber die Antwort nicht ab. Ich nahm es in meine Hände, und es war, als hätte ich eine besonders angenehm wirkende Spritze bekommen. Ein warmes Gefühl breitete sich in der Magengegend aus, stieg empor und zwang mich zu einem glückselig blöden Lächeln.

Es war ein Bild von Lena. Dieses Foto suchte ich schon seit über einem Jahr. Sie hatte es mir zusammen mit ihrem letzten Brief geschickt. Danach hatte ich nichts mehr von ihr gehört.

»Du hast es mir geklaut, du Hund.« Aber ich war ihm nicht wirklich böse. Daß er es genommen hatte, ausgerechnet er, hieß, daß Lena über mich hinaus schimmerte. Und daß ich wieder von ihr träumte, bedeutete nicht, daß ich nur einfach nichts mehr hinkriegte. Es stand viel mehr auf dem Spiel. Vielleicht sie selbst.

»Und ich kann wohl nicht verhindern, daß du es wieder mitnimmst?!«

»Auf keinen Fall.« Ich steckte es eilig in die Jackentasche.

»Dann hast du sie also nicht vergessen?« fragte Tim. Es klang so, als wollte er mir vorwerfen, daß ich so ziemlich alles vergessen hatte, was wirklich von Bedeutung war. Oder aber ich war gerade von selbst darauf gekommen.

»Niemals«, behauptete ich. »Wie kommst du denn auf sowas?«

»Vergiß es. Ich hab keinen blassen Schimmer, wie du lebst.«

»Und von dir weiß ich auch nur, daß du das Haus nur verläßt, um pünktlich zum Unterricht zu erscheinen.«

»Ist doch besser als sitzenbleiben.«

Da hatte er natürlich recht. Gar nicht auszudenken, wenn mir das wirklich passieren sollte. Aber sonst lag er völlig falsch. Wieso hatte ich nur ihren letzten Brief nicht mehr beantwortet?

Wenn Simon sie nur gekannt hätte, haderte ich. Ich war sicher, es hätte nur eines Satzes von ihr bedurft, um ihn aufzuhalten. Und etwas plumper dachte ich noch, daß man sich doch selbst nicht so berauben durfte. Simon hatte sich umgebracht, obwohl er wahrscheinlich noch nie Sex gehabt hatte.

Tim starrte an mir vorbei auf die Enterprise, die still an der Wand hing. Ich überlegte, ob ich ihn nicht doch noch einmal ganz ernsthaft fragen sollte, wie es ihm ginge, tat es aber nicht. Deshalb schwiegen wir. Bevor ich ging, glotzten wir noch eine Weile MTV.

Wieder draußen griff ich in meine Jackentasche, fuhr bis zur nächsten Straßenlampe und drückte meine Lippen vorsichtig auf Lenas Fotomund. Ich setzte mich unter die Laterne und baute mir in ihrem Licht einen extragroßen Joint. Vielleicht so groß wie die, die Lena früher immer geraucht hatte. Ich erinnerte mich, daß sie schon mit fünfzehn alle Drogen der Welt genommen hatte. Und jetzt war sie verschollen, und Simon war tot.

Ich inhalierte so tief wie möglich und schickte eine Salve von Rauchringen in den nächtlichen Himmel. Sonst konnte ich das nicht. Es waren auch einige Sterne in Sicht.

Lena hatte einmal gesagt, daß man manchmal spüren könnte, wie man sich zusammen mit dem Universum ausdehnte.
Und das Universum dehnte sich mit unwahrscheinlicher Geschwindigkeit aus. Ich überlegte, wie das gehen sollte. Simon
hatte keine Antwort gewußt. Er hatte gewußt, daß man hier
kleben blieb. Und dann hatte ihm noch etwas sehr Privates
den Rest gegeben. Irgendetwas.

Vielleicht aber, wenn man sich rasend schnell fortbewegte,
vielleicht stand dann die Welt neben einem für einen Augenblick still, um einen gleich darauf mitzunehmen auf den großen Flug. Lena hatte oft davon gesprochen, die Welt anzuhal-
ten, und ich hatte es geliebt, wenn sie seltsame Dinge sagte.

Der Joint schmeckte kräftig und wirkte auch so. Als ich
mich langsam erhob, um noch langsamer auf mein Rad zu
steigen, war ich fast überzeugt, daß mir schon sehr bald eine
Idee zufallen würde, die mir half, mich hier hinaus zu katapultieren. Und vielleicht fand ich irgendwo dort draußen Lena.
Sie steckte bestimmt in Schwierigkeiten. Hätte sie die nicht,
hätte ich sie längst im Fernsehen gesehen. Ich mußte sie finden.

# Aus der Umlaufbahn

*Where is my mind?*
Pixies

Mein Rad war alt und gab klagende Laute von sich, während ich mich darauf abstrampelte, als gelte es, direkt in die Sonne zu fahren, die vor mir unterging. Mit etwas Optimismus hätte man sich vorstellen können, daß der orangene Ball am Horizont das Tor zu ein anderen Welt war, das Tor zu einem Paralleluniversum, in dem ich nicht sitzengeblieben war.

Aber Optimismus war fehl am Platz, und Tagträume hatten nichts mit der Realität des Lebens zu tun. Es war nur die Sonne, die sich mal wieder verabschiedete.

Das Unglaubliche war geschehen. Man hatte mir eine pädagogische Fünf in Deutsch reingeknallt, und das bedeutete den Nichteintritt in die zwölfte Klasse. Ich wußte das jetzt seit einer Woche, aber bis jetzt hatte ich es erfolgreich verdrängt. Ich steigerte mich in die Idee einer Zusammenkunft mit Lena hinein, die vielleicht in ganz andere Tiefen gerutscht war. Ich dachte an nichts anderes mehr und war so entschlossen wie nie zuvor in meinem Leben.

Aber jetzt holte mich das Zeugnis ein, weil ich unterwegs

zum Silbersee war, an dem mein Jahrgang das Ende des Schuljahres und den Beginn des wahren Sommers feierte. Ich fuhr hin, um Mick und Tim in meinen Plan einzuweihen, aber auch, weil ich annahm, daß ich mich sonst nur noch mieser gefühlt hätte.

Als ich den See erreichte, brannten an den Ufern schon zahlreiche Feuer. Die Leute tanzten zu den Smashing Pumpkins, lagen im Gras, betranken sich oder rauchten Joints. Die letzten Sonnenstrahlen überfluteten die Anwesenden. Mir kam es so vor, als trugen sie alle ein gemeinsames Zeichen. Etwas, das mir natürlich fehlte.

Soweit ich sah, war ich der einzige Sitzenbleiber, der gekommen war. Ich wußte nicht einmal, wie die anderen Idioten hießen, aber nächstes Jahr würden sie mir wohl auffallen.

Heike hüpfte mir lachend entgegen. Ich starrte ihr auf die kleinen wippenden Brüste und den freien Bauchnabel darunter. Sie stieß mich an und drückte mir eine Bierflasche gegen die Schläfe. »Kühl dich ab«, riet sie mir.

Ich war ausreichend in Kamikazestimmung, um die verfluchte Flasche mit den Zähnen zu öffnen, und es klappte sogar.

»Schade, Daniel«, sagte Heike, »ich habe gehört, du hättest es fast doch noch geschafft.«

»Ja, um ein Haar«, sagte ich. Ich nahm ihr das nicht krumm, weil sie so angenehm nach Gras und leichter Anstrengung duftete. Trotzdem überlegte ich, ob ich einen Schwall Bier aus meinem Mund entlassen sollte. Aber nein, so besonders witzig war das nicht.

»Na dann«, meinte Heike und ließ mich stehen. Ich traf auf Ruben, der trotz Erreichen des Klassenziels auch ganz auf sich gestellt war. Er versuchte sich im Wind eine Zigarette anzustecken und schaffte es einfach nicht. Ich nahm sie ihm weg.

»Ey, mal langsam«, beschwerte er sich, um gleich darauf komisch zu kichern. Ich filzte ihn regelrecht und nahm die ganze Schachtel an mich. Er tat so, als würde er das alles sehr spaßig finden. Vielleicht hielt er es für ein Spiel oder wollte kein Spießer sein, aber er würde nichts davon haben, und das wußte er wohl nicht.

»Jetzt ist aber Schluß, du Sack«, gab er von sich. Offenbar dachte er, daß das auch zum Spiel gehörte. Ich stimmte ihm zu, denn mehr hatte er nicht. Aber während er davonwankte, hatte ich das unbestimmte Gefühl, daß er mich doch eines Tages, lange nachdem die Jugend vorüber war, überflügeln könnte.

Vielleicht würde er derjenige sein, der als Staatsanwalt gegen mich antrat, oder der Bankkaufmann, der meine Karte sperren ließ und sich weigerte, mir noch Kredit zu geben.

Ich trank mein Bier leer und sah ihm nach, bis er endlich vor meinen Augen verschwamm.

Ich fand Mick, der sich mit Susanne im Gras wälzte, für die er zwei Jahre lang eine Nummer zu klein gewesen war. Ich trennte sie. Susanne ging woanders Erlebnisse suchen, und wir lasen auf dem Weg zum Waldrand Tim auf, der eh nichts besseres zu tun hatte, als sich uns anzuschließen.

Ich zog bedächtig Lenas Foto aus der Tasche und gab es Mick. Er betrachtete es lange.

»Du hast von ihr gehört?« fragte er.

»Das ist es ja gerade. Seit langer Zeit habe ich gar nichts mehr von ihr gehört. Wenn ihr mich fragt, steckt sie in Schwierigkeiten.« Ich erinnerte die beiden daran, daß Lena mit Vierzehn von zu Hause ausgerissen war, daß sie einem ungeschlachten Mannsbild einen scharfen Revolver an die Schläfe gehalten hatte, und dann die Unmengen von Drogen. Ich redete wie ein Wasserfall und sprach auch von unserer Aufgabe. Früher hätten wir alles für sie getan, und nun wollte ich wissen, wie stark das magische Band zwischen uns noch aufgeladen war.

Mick nickte, ohne seine Augen von ihrem Bild zu lassen. »Und was jetzt?« fragte er.

»Es sind Ferien. Wir gehen sie suchen. Zuerst in Hamburg und dann überall. Wenn es sein muß, in jeder verdammten Metropole Europas.« Sie schwiegen. »Oder habt ihr schon andere Pläne? Ich weiß nicht, vielleicht wollt ihr ja nur baden gehen in irgendeinem Meer.«

Mick schüttelte den Kopf. Ich war zufrieden.

»Gut. Unseren Eltern können wir ja sagen, wir gehen auf Interrail-Tour oder so´n Scheiß.«

»Ich bin dabei«, erklärte Mick kurzentschlossen. Wir schauten zu Tim, der sich abseits hielt und mit der Hand Rinde von einem Baum pulte.

»Ich kann nicht«, sagte er, »es geht einfach nicht. Ich muß bei meiner Mutter bleiben. Sie ist wirklich ziemlich neurotisch, versteht ihr?«

Es war schon immer unmöglich gewesen, Tim von seinem Standpunkt abzubringen, wenn er sich zu etwas entschieden hatte. Deshalb wollte ich keine Zeit verschwenden. Ich schnippte mit dem Finger, als hoffte ich, den Mond dadurch in Brand zu stecken und riß Mick mit fort.

»Wartet!« Wir blieben stehen und sahen erneut zu Tim, der seltsam lächelte. Es sah tatsächlich so aus, als spiegelten sich die einzelnen Feuerstätten in seinen Augen.

»Kann einer von euch Auto fahren?«

Wir nickten ohne lange darüber nachzudenken.

»Dann hört jetzt meinen Plan.«


Es dauerte noch ein paar Tage, bis die Vorbereitungen abgeschlossen waren. Meine Eltern sprachen natürlich kein Wort mit mir, aber ich hatte keine Zeit, mich wie ein Versager zu fühlen. Wir mußten Geld auftreiben.

Die Abandoned Sons spielten ein zweites Mal im Jugendzentrum. Sie spielten sich die Seele aus dem Leib, während Mick und ich vorne illegal abkassierten. Vom ärmsten Punk verlangten wir noch zehn Mark Eintritt. Schließlich verschwanden wir. Wir fanden es nur gerecht, weil sie Piet so schäbig gefeuert hatten, und das Geld war ja nicht wirklich für uns. Unser Anliegen war global, und im Zentrum der Welt stand nun einmal Lena. Einen Tag später verkaufte ich meine komplette Tennisausrüstung.

Es begann. Mick und ich verließen mit Rucksäcken unsere Siedlung und erreichten die Fußgängerzone in der City. Es war schon Abend und nicht mehr viel los.

Tim lehnte an einer Litfaßsäule und nickte uns mit zusammengepreßten Lippen zu. Er war so entschlossen wie vor einer wichtigen Klausur. Er führte uns über einen Parkplatz zu einem Mietshaus.

»Seht ihr das Fenster da?« Wir sahen es.

»Es ist das Badezimmerfenster von ihrer Wohnung. Mein Alter ist jetzt bei ihr. Ich gehe hoch und mache eine Szene. Dann zocke ich den Autoschlüssel. Das da ist sein Wagen. Alles klar?«

Es war ein schwarzer Audi 80. Wir wußten Bescheid und hielten die Daumen hoch.

»Gut. Dann geh ich jetzt. Bleibt unter diesem Fenster. Ich werfe euch den Schlüssel zu.«

»Tim? Danke.«

»Findet sie.« Er ballte die Faust und ging zum Eingang.

Wir rauchten. Eine ganze Stange Zigaretten hatten wir dabei. Wir warteten. Mick warf eine Münze.

»Kopf oder Zahl?« Kopf gewann, und ich war der Fahrer. »Glücksschwein«, nannte mich Mick.

Ich bekam allmählich Lampenfieber. Wir rauchten weiter.

Dann wurde endlich das Fenster geöffnet. Der Schlüssel fiel durch meine Hände hindurch auf den Boden. Es war unheimlich laut.

»Scheiße. Schnell, das Zeug.« Wir verstauten alles in Windeseile.

Kupplung, Bremsen, Gaspedal, alles klar. Der Wagen rollte leise und behäbig zurück. Licht? Wo war Licht? Mick fand es. Ich startete. Wir fuhren vom Parkplatz runter.

»Rechts«, entschied Mick, und ich kam der Aufforderung nach. Mick sah mich entgeistert an. »Das war nur Spaß, du Idiot.«

Jetzt sah ich es auch. Wir fuhren direkt durch die Fußgängerzone.

»Dann mach mal gleich Warnblinklicht an«, schlug Mick vor.

»Jetzt laß doch den Quatsch.« Ich schaltete in den zweiten Gang. Es war zum Glück so gut wie nichts mehr los. Nur die fünf Obdachlosen lachten uns aus und schwenkten grüßend ihre Bierdosen. Ich umfuhr zielsicher den Springbrunnen und dachte mit Bestürzung an Lena. Taugten wir was? Wir mußten unbedingt hier rauskommen.

Endlich stieß ich auf die legale Straße, doch die war stark befahren. Ich wartete, aber alle schienen für alle Zeiten grünes Licht zu haben.

»Du kommst doch von rechts«, meinte Mick und lachte teils dreckig teils etwas hysterisch.

»Ja? Ich komme aus der Fußgängerzone. Da hab ich gar nichts zu sagen.«

Irgendwann tat sich endlich eine Lücke auf, in die ich hineinstieß, um getarnt in einer Autoschlange meinem Weg zu folgen. Nach ein paar gemeisterten Kreuzungen glaubte ich zu wissen, was einen guten Piloten ausmachte und nahm mir sogar Zeit, das Armaturenbrett zu studieren. Die Innenausstattung wirkte sehr komfortabel, und überhaupt sah alles so aus, als hätte vor uns noch nie jemand hier drinnen gesessen. Mick schob mir eine Zigarette zwischen die Zähne. Der Aschenbecher war wohl auch noch nie benutzt worden. Dann gab es für uns auch keinen Grund dafür. Der Aschenbecher war überall.

Ich fühlte mich mittlerweile so sicher, daß ich das Tempolimit nicht mehr achtete. Ganz genau wie die normalen Autofahrer.

An einer roten Ampel hielt ich fachgerecht an. Ein Blick nach links dämpfte meine Stimmung. Ich stieß Mick an. Da war das Haus, in dem Simon gewohnt hatte. Ein Zimmer war spärlich beleuchtet.

Simon wäre mit Bravour versetzt woren. Wenn er doch nur unser Freund gewesen wäre. Verfluchte Heike. Wenn er doch nur Lena gekannt hätte.

Ich wurde angehupt und mußte weiterfahren. Nach wenigen Augenblicken hatte ich mich dem Verkehrsfluß wieder angepaßt.

Ohne Zwischenfälle erreichten wir die Randbezirke, die beschauliche Welt der Einfamilienhäuser und verkehrsberuhigten Zonen. Hier gaben wir uns die größte Mühe, wie die schwarzen Schafe aus einem eigentlich guten Stall auszusehen, was uns auch nicht weiter schwerfiel.

Und doch gab es selbst aus dieser Schicht Eltern, die hatten noch mißratenere Söhne.

Wir erkannten Ruben schon von weitem. Er versuchte während des Gehens mit seinem Waffeleis fertigzuwerden. Als wir mit ihm auf gleicher Höhe waren, hupte ich ihn an und schnitt ihm den Weg ab. Ruben erschrak und ließ den Arm so weit sinken, daß seine Riesenkugel Schokoladeneis aus der Waffel kippte und auf den Asphalt klatschte. Ruben bückte sich.

»Mein Eis«, klagte er. Wir sahen nicht hin. Aber schließlich besann er sich und wollte wissen: »Was läuft denn hier ab?«

»Wollen wir?« fragte Mick.

»Von mir aus.« Mick öffnete die Beifahrertür, nahm dem verstörten Ruben die Waffel aus der Hand, zerdrückte sie, und packte unseren neuen Freund auf den Rücksitz. Mick und ich tauschten die Plätze. Er war ein guter Fahrer, wie sich sofort zeigte. Man merkte kaum, wenn er schaltete. Bis Ruben es schaffte, seine nächste Frage zu stellen, vergingen einige Minuten. »Wo habt ihr denn den Wagen her?«

»Erobert. Außerdem ist das nicht nur ein Wagen. Es ist unser Bird of Prey.«

»Und was wollt ihr damit?«

»Noch mehr erobern. Und wir dachten uns, für den tollen Videoabend von neulich schulden wir dir etwas. Ein Abenteuer. Was meinst du?«

Dazu schwieg Ruben. Was sollte er auch sagen? Er konnte doch nicht zugeben, daß er lieber nach Hause wollte. Aber er konnte auch sein Unbehagen nicht verbergen.

Wir erreichten die Landstraße, die kerzengerade durch den Wald verlief. Sie kannte keine Kreuzungen, die das Abbiegen ermöglichten. Mick drückte das Gaspedal mit Bedacht, ich lehnte mich zurück, und Ruben auf dem Rücksitz schrumpfte in sich zusammen.

Wir begannen, unseren noch nicht ganz bis ins letzte Detail ausgefeilten Plan zu diskutieren. Wir hatten Lenas alte Adresse und die ihrer Eltern. Von Ralf hatte Mick den Tip bekommen, einen gewissen Jack in the Green aufzusuchen, der auf den Spuren eines berühmten Trappers wandelte und eine Blockhütte bewohnte. Der Typ hieß natürlich nicht wirklich Jack. So hieß der Trapper aus dem letzten Jahrhundert, der mit einem Pumaweibchen zusammengelebt haben soll.

Unser Jack war ein Schulfreund von Ralf, nur daß er noch ein paar Jahre älter war und einem unzeitgemäß hippiemäßigen Traum nachhing. Und doch, so Mick, war er mehr als ein normaler Aussteiger. Er entschärfte Bomben. Echte Bomben.

Und er würde uns sagen, wo wir in Hamburg, Berlin oder anderen nicht überschaubaren Orten eine Absteige finden konnten. Er kannte die geheimen Zirkel jeder Stadt.

Während Mick mir das alles erzählte, führte er das erste gewagte Überholmanöver durch. Der Bird of Prey zog an einem kleinen LKW-Konvoi vorbei und fädelte blitzsauber wieder ein. Ruben, dem wohl allmählich ein leiser Verdacht kam, worauf unser Trip hinauslief, rutschte nervös hin und her, sagte aber kein Wort. Dennoch wurden wir kurzzeitig auf ihn aufmerksam und überlegten laut, was wir mit ihm anstellen wollten. Er hatte gerade mal genug Geld in der Tasche, um sich ein zweites Eis zu kaufen. Selbstverständlich hatte er auch keine Zahnbürste dabei. Daher stand es außer Frage, daß wir ihn auf Diät setzen mußten.

»Also Ruben«, flötete ich, »kein Burgerking und kein McDonalds, sondern Zwieback, verstanden?«

»Jungs, jetzt laßt doch den Scheiß.« Er sagte es beinahe laut, aber dann schwieg er auch gleich wieder und zog den Kopf ein.

Mick sprach von Schuldscheinen, und zwar in einem sehr strengen Ton. Es wurde eine lange Rede, an der nichts zu beanstanden war. Auch Ruben widersprach nicht. Das war es, was wir so an ihm schätzten.

Dann machte Mick eine Vollbremsung. Links ging ein nichtasphaltierter Weg ab, der zu Jack führen sollte. Der Wagen hüpfte beinahe rhythmisch durch die Schlaglöcher.

Hier gab es nur vereinzelte Wochenendhäuser, dann nur noch Bäume. Schließlich fuhren wir bei Jack vor.

Er stand in unserem Scheinwerferlicht und fuchtelte mit einer gewaltigen Motorsäge herum. Ansonsten entsprach er dem Bild, das ich von ihm im Kopf hatte. Er war langhaarig, hatte einen Kinnbart und trug eine hellbraune Wildlederjacke mit Innenfell.

Mit zusammengekniffenen Augen musterte er den schwarzen Audi, der in seine private Wildnis eindrang. Er sah ziemlich besorgt aus. Vielleicht hielt er uns für eine Art Sonderkommando, was ja auch irgendwie stimmte.

Mick parkte, zog den Schlüssel ab und drehte sich zu Ruben um. »Du bleibst hier. Und keinen Mucks, klar?« Natürlich war das klar. Wir stiegen aus.

»Scheiße, wer seid ihr denn?« Jack trottete uns entgegen.

»Nicht das SEK oder der MAD, aber auf einer geheimen Mission sind wir schon. Ich bin Mick, Ralfs Cousin. Das hier ist Daniel.«

»Soso, Ralfs Cousin. Nie von dir gehört. Und was macht Ralf? Ist er endlich Rockstar?«

»Naja, er arbeitet dran. Eine von diesen Geschichten, du weißt schon.«

»Tja, ich weiß nicht so genau, ob ich euch reinbitten soll.« Er zeigte mit der Motorsäge auf seine Blockhütte, und jetzt sahen wir den Zusammenhang.

Eine Kiefer war wie eine Bombe in sein Haus eingeschlagen. Die starren Äste hatten ihren Weg durch das Dach gefunden, und der Stamm hatte die Hütte praktisch in zwei Hälften gespalten. Es war ein faszinierender Anblick.

»Hast du etwa den Baum gefällt?«

»Das muß ich zugeben, ja. Es war ein schon fast toter Baum. Ich wollte ihn fällen, bevor er in den Herbststürmen kippt und das Haus zerschlägt. Naja, so konnte ich wenigstens sicher sein, daß ich nicht drin bin.«

»Klasse Aktion. Du entschärfst Bomben und wirst nicht mit einem toten Baum fertig?«

Jack legte die Motorsäge beiseite und hob den Zeigefinger.

»Da sind zwei verschiedene Paar Schuhe«, klärte er uns auf, »das eine sind von Menschen gemachte Spielzeuge. Wer die Menschen kennt, weiß wie ihre Bomben funktionieren.«

Wir sahen uns fragend an. »Aber das hier«, fuhr Jack fort, »das ist Natur, versteht ihr? Man steckt nicht drin.« Er hob machtlos die Schultern.

»Aber...«

»Kein aber!« sagte Jack. »Wißt ihr, wie ich das sehe? Ich hielt den Baum für tot, aber es steckte noch ein Funke Leben in ihm. Dieses uralte Leben wollte sich teuer verkaufen, wollte noch etwas mitnehmen. Eigentlich hab ich es so verdient.« Er nickte respektvoll.

»Okay. Wollen wir nicht trotzdem reingehen?«

»Wenn ihr wollt, bitte. Kann ja nicht schaden.«

Jack nahm die Motorsäge wieder auf und führte uns zur Schneise, die der Baum geschlagen hatte. Er drückte den Lichtschalter, und schon war das Resthaus hell erleuchtet.

»Ich habe wirklich Glück, daß der Strom aus der Erde kommt. Vielleicht verdanke ich das einem uralten Kabel, das nirgends mehr verzeichnet ist.«

»Kann sein.« Wir nickten alle einträchtig. Jack tätschelte freundschaftlich die zerfurchte Rinde des Stamms.

Das Haus war gespalten worden, aber links und rechts der Schneise sah es bewohnbar aus.

»Hier links könnt ihr nachher pennen«, meinte Jack, »und rechts ist die Tafel. Wir haben Strom, Bier und noch ein oder zwei bessere Dinge.«

»Alles klar.« Ich ging zum Wagen zurück, um unsere Schlafsäcke zu holen. Ruben hatte ich schon ganz vergessen, aber er war trotzdem noch da und begann auch gleich zu maulen.

»Sei still, Ruben«, schlug ich ihm vor, »das Beste ist, wenn du schnell einschläfst. Kannst auch nach vorne gehen und den Sitz zurückstellen.«

»Lange mach ich das bestimmt nicht mit, Alter.«

Jack hatte mittlerweile für Musik gesorgt und sich für The Prodigy entschieden. Das Licht aus seinem Haus strahlte warm zu mir herüber. Auf den zweiten Blick fand ich, daß die Hütte durch den in sie hineingebrochenen Baum besser dekoriert war als jeder feudale Altbau, um den man Efeu gelegt hatte.

Ich setzte mich zu Mick an den Tisch und öffnete mein Bier. Jack thronte auf Höhe der einstigen Decke im Geäst des Baums, das in das Firmament hineinragte.

»Dann will ich mal hören, wohin die Reise geht.«

Wir redeten durcheinander, sprachen von Lena, der Heldin unserer Kindheit, die verschwunden war und unserer Ansicht nach gerade in irgendeinem Sumpf unterging. Von Simons Tod sagten wir nichts, obwohl ich den Verdacht hatte, daß wir ohne ihn vielleicht nicht losgefahren wären. Wir endeten zeitgleich und so abrupt wie der Strahl aus einem Wasserhahn, den man eben zugedreht hatte.

Jack schwieg eine Weile, drehte sich eine Zigarette mit nur einer Hand und bedachte uns mit einem schwer zu deutenden Blick.

»Ich kenne euch ja nicht gerade gut«, sagte er schließlich. »Ich hoffe mal, daß euch wirklich was an ihr liegt. Ich meine, vielleicht sind ja bloß eure Parties öde und ihr wollt mal was erleben. Oder schlimmer, ihr wollt nur was erleben, was ihr später auch erzählen könnt. Dann hat man euch nur geschubst. Oder geht ihr wirklich von allein? Wollt ihr ein Abenteuer in einem gezockten Wagen, oder wollt ihr wirklich die Welt anhalten? Denn wenn ihr das Mädchen findet und sie es wirklich nötig hatte, dann habt ihr genau das getan. Das ist dann eine große Sache.« Jack erhob sich elegant aus seinem Schneidersitz und schwang sich an einem Ast zu uns herunter.

»Schluß mit dem blöden Bier«, sagte er und nahm uns die Flaschen weg. »Wir werden das herausfinden. Das ungeprüfte Leben ist nicht lebenswert. Kommt mit in die Küche.«

Aus irgendeinem Grund funktionierte das Licht in der Küche nicht, aber Jack entzündete eine große Fackel, die an der Wand befestigt war. Ihre bläuliche Flamme züngelte in den Raum hinein.

Es war keine gewöhnliche Küche. Zwar gab es einen Herd, einen Kühlschrank und sogar eine kleine Spüle, aber nichts, das eß- oder trinkbar aussah.

Der ganze Raum war verdrahtet, und überall hingen Reagenzgläser in den für sie gedachten Vorrichtungen. Die Gläser enthielten Flüssigkeiten in den verschiedensten Farben.

Jeder bekam eins in die Hand gedrückt. In diesem seltsamen Fackellicht war nicht einmal zu bestimmen, welcher Farbton uns zugeordnet worden war.

Jack lachte. Wahrscheinlich lachte er uns aus. Ich fühlte mich ein bißchen so wie ein Abgeworfener bei einem Völkerballspiel.

»Ihr wißt ja, daß ich Bombenexperte bin. Ich bin aber auch Chemiker, Alchimist und Anarchist.«

Wir prosteten ihm der Auflockerung halber zu, aber er blieb ernst.

»Ich kenne mich«, fuhr er fort, »aber ich weiß nicht, wer ihr seid. Natürlich wißt ihr das selber nicht. Also müssen wir es herausfinden, und das werden wir. Wir gehen bis auf den Grund des Sees. Da unten, durch das trübe Wasser hindurch, schimmert unser persönlicher Schatz. Wir tauchen ab, und holen mehr hoch als ein paar Scherben.«

Jack löschte die Fackel. Wir folgten ihm ins Wohnzimmer und setzten uns wieder an den Tisch. Nun konnten wir sehen, daß unser Wässerchen rotbraun war. Jack kletterte am Baumstamm hoch und ließ sich im Geäst nieder.

»Auf euch und das Mädchen«, sagte er. »Ich habe einen halluzinogenen Pilz beigemischt. Nur keine Angst.«

»Und was für einen?« fragte ich mit Bangen.

»Das sagt euch sowieso nichts. Es ist kein Gift, wenn es euch beruhigt.«

Mick faßte sich ein Herz und stürzte das Gebräu kurzentschlossen hinunter. Jack dagegen schien es zu genießen. Ich machte es wie Mick. Wie Hustensaft, redete ich mir ein, aber ganz so schmeckte es nicht. Nichts geschah. Mick und ich sahen uns prüfend an. Die CD war mittlerweile durchgelaufen. Es war still, und Jack hockte wie ein Geier in der Astgabel. Da ich mich nicht in etwas anderes verwandelte, glaubte ich schon, zu stark für die mir verabreichte Droge zu sein. Doch dann fand ich, daß Jack tatsächlich wie ein Geier aussah. Wie ein grinsender Geier.

»Du bleibst, wo du bist«, wies ich ihn an und stieg durch die vom Baum geschaffene Lücke hinter das Haus. Dort sah ich etwas. Zunächst hielt ich es für eine der zwangsläufigen Halluzinationen, aber das riesenhafte Katapult ließ sich sogar anfassen. Es war wirklich da.

Ich schlenderte weiter bis zum Waldrand, lehnte mich an einen Baum und starrte auf das Haus, aus dem das gigantische Astwerk ragte. Wie der Angriff der Monsterspinne Tarantula.

Ich ging nicht weiter in den Wald hinein, weil ich… was fürchtete? Ich hatte Angst, über Simons Leiche zu stolpern. Ich ignorierte den undurchsichtigen Wald so gut ich konnte und betrat den an ihn grenzenden Acker. In der Ferne verlief die Bundesstraße.

Ein schlammiges Feld, über dem der fette bleiche Mond hing, und das die Zukunft war.

Der Wind trug die Gerüche des Waldes zu mir, die zu Bildern wurden. Ich dachte an den verlorenen Wald meiner Kindheit. Ich sah längst entschwundene Freunde und Simon, der wirklich tot war. Alles was wichtig war, schien hier in der Zukunft begraben zu liegen. So tief unter der Erde, daß ich ein Leben lang brauchen würde, um die Särge freizuschaufeln. Und was würde ich darin wohl finden?

Ich durfte überhaupt keine Zeit verlieren. Ich mußte schneller sein als der sich ausbreitende Acker.

Der Wind trug noch mehr hierher. Es war der Geruch der Erdbeeeren aus dem Garten meiner verstorbenen Großeltern. Er legte sich wie ein Mantel um mich, aber am Ende zog er weiter und war fort.

Ich war ein wenig erleichtert. Etwas lebte weiter, dachte ich. Ich wendete mich vom Acker ab und tappte in den Wald hinein. Es war nicht so dunkel, wie ich befürchtet hatte. Es führten verschlungene Pfade in die verschiedensten Richtungen, und ich konnte nicht glauben, daß sie alle auf dem Acker endeten.

Während ich dort stand und nicht weiterwußte, kreischte in der Hütte Jacks Motorsäge auf. Sie arbeitete sich durch den Baum. Ich eilte zurück und platzte in ein kurioses Duell, das sich Mick mit Jack lieferte. Mick sägte am Stamm, während Jack sich immer weiter in die Krone zurückzog.

»Was macht ihr?« wollte ich wissen.

»Fluch über die kommende Generation!« rief Jack unter Lachen.

Mick ließ eine Art Knurren hören. »Der Typ lacht mich aus. Dafür hol ich ihn vom Thron.«

Jack wandte sich an mich. »Sind Gespenster dort draußen?«

»Ja, viele.« Ich setzte mich wieder an den Tisch und beobachtete.

»Wenn ihr mit der gleichen Vehemenz gegen den echten Feind kämpft, habt ihr Chancen«, meinte Jack.

Mick sägte, sägte noch verbissener, aber dann verklemmte das Sägeblatt. »Scheiße«, knurrte er, »so eine Scheiße.«

»Trottel«, lachte Jack.

»He, sag nicht Trottel zu ihm.« Aber Jack achtete nicht auf mich, sondern starrte dahin, wo früher einmal die Tür gewesen war. »Hölle, wer ist denn das?« fragte er.

Ruben stand in der Schneise und schaffte es nicht, den Mund wieder zu schließen. Den hatten wir ganz vergessen.

»Willst du wissen, was hier abgeht?« fauchte Mick ihn an.

Jack sprang aus der Krone. »Eine Altlast, von der ihr nicht zu sprechen gewagt habt?«

»Das ist Ruben. So alt nicht, aber schon eine Last.«

»Ich hab es ja gesagt«, meinte Ruben, »ich warte nicht ewig. Jetzt hab ich die Schnauze voll.«

Alle sahen ihn an. Ruben flüchtete sich auf einen Stuhl und verschränkte die Arme.

»Nicht hinsetzen«, wies Jack ihn zurecht. »Im Sitzen gibt es kein Pathos. Sag den Brüdern hier mal die Meinung.«

»Tu es nicht«, witzelte Mick, »bitte nicht.« Er riß die Säge aus dem Stamm und wankte damit im Raum herum. Wir warteten. Während Jack Ruben anstarrte, änderte sich sein Gesichtsausdruck von einer Sekunde zur anderen. Als würde man zwischen zwei Kanälen hin- und herzappen. Blankes Entsetzen und tiefes Mitgefühl für die zur Schau gestellte Kreatur wechselten sich übergangslos ab.

Ruben tat es nicht. Vielleicht begriff er auch gar nicht, daß er am Zug war. Er wartete bloß, was jetzt geschehen würde.

Jack räusperte sich. »Meint ihr, er kann euch irgendwie bei eurer Suche behilflich sein?«

Wir schüttelten die Köpfe. Noch war nicht entschieden, ob Abscheu oder Mitleid die Oberhand gewann.

»Ruben«, begann Jack mit weicher Stimme, »es werden noch Jahre vergehen, ehe du auf diesem Planeten glücklich sein darfst. Bis dahin...« Er schüttelte den Kopf, »bis dahin müssen wir dich an einen anderen Ort bringen. Faßt mal mit an.«

Mit vereinten Kräften trugen wir Ruben samt dem Stuhl, an dessen Lehne er sich klammerte, ins Freie.

»Und was wird das, wenn es fertig ist?« fragte er. Ich wußte es wirklich auch nicht. Aber als wir vor dem Katapult Halt machten, sah ich etwas klarer.

Ruben wurde zu Boden gelassen, aber natürlich hielt es ihn nicht mehr auf seinem Stuhl. Er stand auf, lief jedoch nicht fort.

»So wie ich Bomben entschärfen kann, kann ich auch Bomben bauen«, sagte Jack, »und falls ich mich jemals dazu entschließe, knall ich das Teil von hier aus direkt ins Modehaus in der Poststraße.«

Wir stimmten lauthals zu und schwangen unsere Fäuste Richtung Buchholz, deren dunkelgelbe Lichter noch immer schwach auszumachen waren. Auch Ruben machte halbherzig mit. Dann betätigte Jack einen Hebel, und die Schleuder senkte sich.

»Ruben, bist du bereit?« Es war wohl eine rein rhetorische Frage.

»Ich soll...?«

»Du sollst zu den Sternen fliegen.«

Wir stießen ihn leicht an, so daß er Richtung Katapult taumelte. Von alleine ging er jedoch nicht weiter.

»Komm schon. Es kann dir nichts passieren. Wenn du Geschichte machen willst, dann hier und jetzt. Es ist wirklich nicht gefährlich. Du bist in einem gestohlenen Wagen gefahren, und zwar mit zwei Typen, die gar nicht fahren dürfen. Das war gefährlich. Na und? Willst du jetzt schon aufhören? Mit siebzehn willst du schon die Bremse ziehen? Ich sag dir, flieg über sie alle hinweg!«

Das hatte irgendwie gesessen. Es wurde still, und Ruben wagte den ersten Schritt.

»Spürst du es?« lockte Jack. »Sie lachen ja gar nicht mehr. Sie werden dich nie wieder auslachen. Der Fliegende wird bewundert und gehaßt. Darüber wirst nur du lachen können.«

»Braucht er keinen Raumanzug?« gab Mick zu bedenken.

»Ruben nicht. Der hat sein ganzes Leben im luftleeren Raum verbracht.«

Ruben setzte sich endgültig in Bewegung. Zwar wirkte er wie ein Schlafwandler, und vielleicht zog ihn auch etwas Unsichtbares, aber er stoppte nicht mehr.

Im Zeitlupentempo schleppte er sich auf die Schleuder und setzte sich in das, was wie ein riesiger Löffel aussah. In wessen Rachen würde er verschwinden?

»Sehr gut«, lobte Jack, »du bist der Mutigste von allen.«

Ruben blieb lange regungslos, dann drehte er seinen Kopf in unsere Richtung und zeigte uns den Finger. Aber das Beeindruckenste war, daß seine Gelfrisur im Wind nicht um einen Millimeter verrutschte. Er kam mir vor wie ein extra-verbissener Starfleet-Kadett, der es womöglich noch zu etwas bringen würde.

»Auf geht's«, rief Jack und betätigte den Hebel.

Die Maschinerie ächzste, knarrte und entwickelte urplötzlich ihre volle Energie. Ruben flog durch den Nachthimmel.

Augenblicke später hörte ich ein Krachen und Knacken und sah auch, daß der nächstgelegene Busch ins Wanken geraten war, aber ich achtete nicht weiter darauf, weil Mick und Jack so eindringlich Richtung Orion und Andromedanebel starrten.

Also verrenkte auch ich meinen Kopf und sah das Firmament vor meinen Augen flackern. Weit über uns zog Ruben seine Kreise. Er hatte irgendwie ein Tor geöffnet und die Grenzen der Welt nach hinten geschoben, oder es gab gar keine mehr.

# Die Lichter der Stadt

*I´m so happy*
*´cause today*
*I found my friends*
Nirvana

Ich erwachte mit Kopfschmerzen, einem schlechten Geschmack im Mund, und noch dazu als erster. Ich blieb regungslos, um die unruhigen Träume der letzten Nacht zu rekon-
struieren, aber es war nichts mehr da. Ein Specht landete im
Geäst des gestürzten Baums, hackte dort herum und verschwand, als ich meinen unnützen Kopf hob.

Das Brummen der Autos in der Ferne, die morgendliche
Nässe und der verhangene Himmel waren stärker als jeder
Traum. Ich ging nach draußen, um zu pinkeln. Längst hatte
ich alles, was gestern geschehen war, als Illusion abgetan, denn
immerhin hatte ich unter Drogen gestanden. Aber das Katapult stand noch immer da. Ruben war verschwunden.

Etwa drei Meter vor der Schleuder standen einige Baby-
tannen, von denen eine ziemlich ramponiert aussah. Ich verstand. Trotzdem, Ruben war als einziger von uns geflogen,
man mußte ihn neu überdenken.

Der braune Acker war auch bei Tageslicht noch derselbe.
Ich erkannte ihn wieder. Er erstreckte sich meilenweit in alle

Richtungen. Das war der Feind, der uns allen bevorstand. Gestern Nacht hatte ich ihn in seinem vollen Ausmaß erkannt, aber jetzt erinnerte ich mich nicht mehr an alles. Ich wußte nur, daß ich nicht dort begraben sein wollte.

Ganz unwillkürlich rutschte ich in eine Art Karategrundstellung und entspannte mich erst, als aus dem Innern der Hütte die ersten Lebenszeichen laut wurden.

Ich machte kehrt, erkletterte die tiefliegende Baumkrone und stieg von oben in die Hütte ein. Jack und Mick waren schon beim Frühstücken. Es gab Cornflakes und Aspirin.

»Ich habe das Gift und das Gegengift«, sagte Jack. Er hatte Recht. Es war ein reinigendes Frühstück.

»Ruben ist weg«, meinte ich. »Wohin auch immer.«

Jack grinste uns an. »Ich würde sagen, er ist euch zur Zeit weit voraus. Verschwendet lieber keine Zeit mehr. Wie heißt eure Lena mit Nachnamen?«

»Lena Dizelsky. Wir haben die Adresse ihrer Eltern und die ihrer WG von vor zwei Jahren. Da fangen wir an.«

»Tja, was solltet ihr auch sonst machen?« Jack nahm sich Stift und Papier. »Hier habt ihr die Adresse von Nomad. Er ist ein Freund von mir. Ein sehr begabter Hacker und vieles mehr. Er ist ein echter Staatsfeind. Er wird euch gefallen.«

Er gab Mick den Zettel. »Hafenstraße«, stellte Mick fest.

»Ja, parkt den Wagen nicht direkt vor seiner Tür. Klingelt bei 'Küche'und fragt nach ihm.. Wahrscheinlich könnt ihr da eine Zeit lang wohnen. Und wenn euer Mädchen wirklich gestrandet ist, dann ist sie vielleicht sogar dort aufgelaufen. Die nehmen solche Leute auf.«

Wir löffelten eine Weile schweigend an unseren Cornflakes, dann meinte Mick: »Sag mal, Jack, hältst du unsere Aktion eigentlich für Schwachsinn?«

»Im Gegenteil. Du etwa?« Mick schüttelte den Kopf.

»Na also. Und würde ich euch sonst helfen? Ich kenne Lena nicht, aber sie muß wohl irgendwie besonders sein. Was hat sie noch gesagt, was man mit der Welt machen muß? Sie anhalten?«

»Genau das.«

»Seht ihr? Das ist ja wohl auch euer Plan.«

Jack redete noch eine ganze Menge, aber ich hörte nicht mehr zu. Er politisierte und entfremdete unser Vorhaben solange, bis man glauben konnte, Lena aus ihrer vermeintlichen Notlage zu befreien, wäre sowas wie Wale retten oder sich mit Aborigines verbrüdern.

Aber eines stand für mich fest. Man durfte der Welt nicht erlauben, mit Lena ein böses Spiel zu treiben. Und tat sie es doch, mußte man es der Welt irgendwie heimzahlen.

Nach dem Frühstück lösten wir die Tafel auf. Jack begleitete uns zum Wagen, und wir mußten feststellen, daß Ruben einen Abschiedsgruß hinterlassen hatte. Jede erdenkliche Stelle am Wagen war eingebeult. Zum Glück ließen sich wenigstens noch die Türen schließen.

»Dieser Scheißkerl«, zischte Mick. Der Bird of Prey hatte seine bürgerliche Qualifikation und damit seine Tarnvorrichtung verloren. Jetzt konnten wir auch gleich Crashkids forever auf die Motorhaube sprühen.

Aber Jack grinste nur. »Ich hab es ja gesagt. Ruben ist nun ein anderer. Der zieht voll durch. Nehmt euch ein Beispiel an ihm und laßt euch nicht erwischen. Und bitte keine kleingeistigen Rachegedanken, geht das klar? Ich bin ja auch nicht böse auf den Baum. Es ist seine Natur.«

»Naja, du wirst ihn zersägen.« Wir stiegen ein. Ich wählte den Beifahrersitz und machte mich lang. Wir wünschten Jack noch viel Glück mit seinem Haus, und daß die Sonne für ein paar Tage konstant scheinen möge, dann startete Mick. Wir stahlen uns ungesehen auf die Bundesstraße und nahmen zielsicher die Autobahnauffahrt.

Mick überholte und ließ sich überholen. Fast jeder Fahrer sah mißtrauisch zu uns herüber, was ja kein Wunder war.

»Also, wo fahren wir zuerst hin?« fragte ich.

»So wie der Wagen jetzt aussieht, dürfen wir ihn nicht mehr lange behalten. Aber zwei - das ist keine magische Zahl. Wir holen noch einen Verbündeten.«

»Und wen?«

Mick lächelte mich geheimnisvoll an. »Wart's ab.« Er wechselte auf die rechte Spur. »Wir müssen alle dabeisein, verstehst du? Alle, die damals dabei waren.«

»Benny«, rief ich, »du weißt, wo Benny steckt?!«

»Ich weiß, wo er arbeitet. Und wir werden ihn da rausholen.«

Ich war aufgeregt wie ein Kleinkind vor der Weihnachtsbescherung und dachte schon, daß das Ziel zum Greifen nah war. So nah wie der lebende Buddha dem Nirvana.

Benny arbeitete also. Irgendwie hatte es schon immer festgestanden, daß er nicht lange zur Schule gehen würde. Von ihm hatte ich noch sehr viel länger nichts gehört als von Lena. Bei unserer letzten Begegnung waren wir dreizehn gewesen und uns fremder als Hund und Katze. Trotz der Blutsbrüderschaft. Ich war gespannt und auch etwas ängstlich.

Wir fuhren über die Köhlbrandbrücke. Noch immer bedachten uns die anderen Fahrer mit kritischen Blicken, aber wenigstens fuhren die Streifenwagen anderswo.

Wir waren noch nicht ganz über die Brücke hinweg, da fuhr Mick rechts ab und beförderte uns in eine menschenfeindliche Containerlandschaft. Wenn man nicht einfach nur durchfuhr, hatte es auch nichts Romantisches an sich.

Wir schwiegen. Mick bog in den Roßweg ein und stoppte bei der Spedition Heller. Ich kannte sowas. In den Osterferien hatte ich in einer Holzfabrik gearbeitet, aber da mußte ich es noch nicht ernstnehmen.

Benny war auf dem Acker gefangen, dachte ich, und wurde von einer Welle des Unbehagens geschüttelt. Ich erinnerte mich daran, daß er schon als kleiner Junge zu mir gesagt hatte, daß er als erster von uns alles verlieren würde. Und Lena hatte ihm geraten, in meiner Nähe zu bleiben, weil ich – ein Glückskind sei. Aber wir waren nicht zusammengeblieben, genau wie Benny es seit Beginn unserer Freundschaft vorausgesehen hatte.

Mick und ich meldeten uns gar nicht erst in dem blöden

Büro an, das in einem der Container installiert worden war, sondern gingen direkt zu den Rampen, an denen die LKW entladen wurden. Wahrscheinlich war Mittagspause, denn es ließ sich niemand sehen. Nur ein Gabelstaplerfahrer drehte in der Halle seine Runden. Wir fragten ihn nach Benny.

»Benjamin Winkler? Die Packer machen gerade Pause. Der ist aber nie bei den anderen. Der treibt sich irgendwo bei den Gleisen rum. Komischer Typ. Ein Kumpel von euch?«

»Sogar ein bißchen mehr.« Ich bereute diesen Satz sofort.

»So? Wieviel denn?« Der Mann lachte und fuhr weiter. Ich verfluchte ihn. Der hatte überhaupt keine Ahnung, von wem er da redete. Benny war als Kind schon größer gewesen als dieser Typ. Er hatte Lenas Peiniger einen Pfeil zwischen die Rippen gejagt.

Wir gingen zum anderen Ende der Halle und verschwanden hinter den Containern. Zwei Reihen mußten wir durchlaufen, dann stießen wir auf ein stillgelegtes Gleis, das von Gras überwuchert war.

Etwa fünfzig Meter vor uns hockte ein Junge oder auch ein Mann. Er rauchte eine Zigarette und starrte in den blaßblauen Himmel. Es war doch eher ein Junge in unserem Alter.

»Benny!« Der Junge sah zu uns herüber und stand auf. Er war nicht sehr groß, aber dafür ziemlich kräftig.

Die Gleise, die damals unseren Wald durchschnitten hatten, die Gleise auf denen Simon gestorben war und auf denen wir Tim wiedergetroffen hatten. Hätte ich hier gearbeitet, ich wäre auch jede Pause hierher gekommen.

Benny rührte sich nicht. Deshalb gingen wir zu ihm. Auf halber Strecke setzte auch er sich in Bewegung, wenn auch im Zeitlupentempo. Wir trafen uns. Er hatte müde Augen, so als wäre er gerade aufgewacht.

»Ihr? Und ich dachte, ich träume nur.« Sein Tonfall war der eines echten Hamburgers.

»Du träumst nicht.« Mick stieß ihn an. Benny schüttelte den Kopf. Seine Haare waren alle genau einen Zentimeter lang, und er sah aus, als lasteten die letzten Jahre schwer auf ihm.

Kaum daß ein paar Sekunden vergangen waren, da hatte ich schon ein schlechtes Gewissen. Das kannte ich von früher.

Aber dann lächelte er doch. »Was macht ihr denn hier?«

»Eine längere Geschichte«, meinte Mick, »du bist Teil eines Plans.«

»Plan? Meine Pläne stehen schon fest.«

»Du solltest erstmal zuhören«, war das Erste, was ich zu ihm sagte. Er schaute mich an, und ich zögerte. Es war Zeit vergangen. Fast ein halbes Leben. Ich war nicht sicher, ob er sich überhaupt an uns und Lena erinnerte.

»Na schön, dann beeilt euch. Ich hab nur noch eine Viertelstunde Pause.«

»Wir sind auf der Suche nach Lena«, platzte ich heraus, nachdem die Stille unangenehm geworden war. Ich erzählte die ganze Geschichte so schnell ich konnte.

»Ihr habt Schulferien. Ich nicht.« Weiter sagte Benny nichts, aber ich konnte deutlich den Satz hören, den er sich schenkte: Spinnt rum, solange ihr noch könnt.

Ich hatte gewußt, daß es Barrieren geben würde, aber wirklich vorbereitet war ich nicht darauf. Ich schwieg. Was wir brauchten, war ein Dimensionsbrecher – und zwar sofort.

»Wie lange mußt du heute arbeiten?« fragte Mick. Benny hob die schon ziemlich breiten Schultern. »Es müssen noch zwei Container entladen werden. Das dauert so bis sechs.«

»Und wenn wir dir helfen, dann wohl nur bis vier.« Mick grinste. »Geht das klar? Ohne Geld für uns.«

Benny atmete laut und angestrengt aus. »Ich rede mit dem Vorarbeiter. Der wird euch für schön blöde halten, aber ist ja eure Sache.«

Mick deutete auf mich. »Der ist blöde. Der ist sitzengeblieben.«

Wir lachten alle ein bißchen auf meine Kosten. Das war im Augenblick das Beste. Eine Zigarette war noch drin, bevor wir uns wieder auf den Weg zur Halle machen mußten.

Dort angekommen stellte Benny uns an Rampe 7 ab. Er selbst redete mit einem älteren Mann, der wild herumgestikulierte, am Ende jedoch nickte. Soweit schien alles klar zu sein.

Benny wollte mit Mick an Rampe 7 bleiben, und ich wurde einem Mann zugeteilt, an dem alles irgendwie zu klein geraten war. Ich nickte ihm freundlich zu, er erwiderte nichts.

Der 40-Tonner, randvoll mit übergroßen unförmigen Paketen, nahm unser gesamtes Blickfeld ein. Unser Gabelstaplerfahrer fuhr vor. Ein bulliger Typ mit schwarzglänzenden Haaren und einer monströsen Goldkette. Die waren also doch nicht ausgestorben. Ich grinste wohl eine Spur zu feist.

»Schön vorsichtig, Bombenleger«, riet er mir und knallte uns eine Palette vor die Füße.

Er fuhr ab, war aber schon nach wenigen Augenblicken wieder da und tat so, als hätte jeder normale Mensch in der Zeit schon die Hälfte des Berges abgetragen. Leider hatte mein Kollege viel zu kurze Arme für die großen Kartons und hustete obendrein noch sehr stark.

»Sechzig Kilo pro Paket. Das sind zehn weniger als gestern. Die heb ich doch mit meinem Schwanz hoch.« Der Fahrer hockte auf seinem Bock und sah uns verächtlich bei der Arbeit zu. Die Pakete waren dermaßen ineinander verkeilt, daß man sie kaum hervorziehen konnte. Vielleicht machten wir wirklich eine schlechte Figur. Ich wurde wütend und trieb meinen kränkelnden Partner zur Eile an. Schließlich war die erste Palette ordnungsgemäß bestückt.

Ich knurrte dem Fahrer etwas hinterher, als er sie auf die Hörner nahm und mit ihr verschwand. Dann gab ich meinem Kollegen eine Zigarette, was ich aber sofort bereute. Er bekam einen schlimmen Hustenanfall, und nun ging wahrscheinlich gar nichts mehr.

»Was denn, Pause? Nichts mehr in den Armen? Hört auf zu kiffen und fangt mal hier und da an, ein paar Weiber zu stemmen.«

Mich beunruhigte der Gedanke, daß dieser Typ wahrscheinlich wirklich schon mit so einigen Frauen zusammengewesen war. Aber ich schluckte das, wie ich alle seine Sprüche schluckte. Aus Ärger arbeitete ich bloß immer schneller, was letztlich nur gut für diese blöde Spedition war. Wie ein berufsmäßiger Würger stürzte ich mich auf diese Kartons, aber wir hatten gerade mal die Hälfte raus, als Benny und Mick uns zu Hilfe kamen. Die waren also schon fertig.

Obwohl wir nun alle zusammen waren, sprachen oder scherzten wir nicht miteinander, sondern machten einfach unsere Arbeit. Hier war überhaupt kein Platz für uns, unsere Pläne oder unsere Geschichte, die ich als so ruhmreich in Erinnerung hatte.

Der Staplerfahrer regierte uns so mühelos, als ob wir nur für das hier geboren worden wären. Ich erinnerte mich nur noch daran, wie hoch Ruben über uns geflogen war. Doch dann waren wir plötzlich fertig. Ich versuchte, es mir zu verbieten, aber es war ein gutes Gefühl.

»Benny sagt, daß er die Woche noch durcharbeiten muß. Außerdem können die noch zwei Arbeiter gebrauchen. Zwölf Mark die Stunde.«

Natürlich hatte ich keine Lust, noch drei Tage hier festzusitzen, aber wir konnten jetzt nicht einfach ohne Benny abhauen. Und dann war da noch das Geld. Also nickte ich.

Wir trotteten zusammen ins Büro und machten alles klar. Schließlich suchten wir einen Imbiß auf.

Mick und ich wollten im Wagen übernachten. Benny begutachtete den Bird of Prey, grinste wohlwollend und zeigte uns einen unauffälligen Ort, an dem wir parken konnten. Eine Stunde später nahm er den Bus nach Hause. Mick und ich wollten lieber nicht mehr hinter den Containern hervorkommen und streiften durch die Gassen dieses endlosen Labyrinths. Als es irgendwann dunkel wurde, kehrten wir zum Wagen zurück, putzten uns die Zähne und spülten mit Mineralwasser nach.

Benny hatte nicht gesagt, ob er am Ende der Woche mitkommen würde.

Wir stellten die Sitze zurück und warteten auf die große Müdigkeit. Leider verschonten die Straßenlampen uns nicht mit ihrem grellen Licht. Romantische Gefühle wollten einfach nicht aufkommen.

Der Schlaf kam als guter Freund. Er hielt uns fest, bis Benny früh am Morgen gegen die Scheibe klopfte. Es ging wieder los.

Die nächsten drei Tage war es, als säßen wir in einer Zeitschleife fest. Der Gegenbeweis bestand nur darin, daß wir am ersten Tag Hundefutter, am zweiten Katzenfutter und am letzten Tag Katzenstreu auf die Paletten stapelten. Als Gegenleistung bekamen Mick und ich jeweils zweihundertachtundachtzig Mark und waren wieder frei. Benny bekam sein Geld monatlich.

Aber wie sollte es jetzt weitergehen? Benny zeigte uns seinen Schlafsack. »Aber ich hab nur bis Sonntag Zeit. Dann muß ich weg.« Er holte tief Luft, bevor er fragte: »Glaubt ihr noch an uns?«

»Jetzt wieder.« Mick und ich nickten synchron. Wir hatten ja gar keine andere Wahl. Aber drei – das war immerhin eine magische Zahl. Und vielleicht gab es ja noch einen unsichtbaren Verbündeten, einen Schutzpatron, der uns beistehen würde, solange wir bereit waren, bis zum Äußersten zu gehen.

Benny wedelte mit einem rosa Stück Papier. »Dann los. Aber ich fahre.« Er war ja schon achtzehn und fuhr so selbstverständlich wie mein Vater. Er reagierte auch nicht mit nervösen Zuckungen auf Streifenwagen und wagte es sogar, direkt vor der Davidswache zu parken.

Wir kehrten gutgelaunt bei Burger-King ein, freuten uns über die matschigen Burger und alberten sogar ein bißchen herum, bis ich Benny eine Frage stellte.

»Sag mal, wieso bist du nach der Arbeit eigentlich immer gleich abgehauen?«

»Weil das Essen immer dampfend auf dem Tisch steht, wenn ich nach Hause komme.«

»Sag doch, daß du es nicht sagen willst oder sag es.« So dicht hatte ich mich selten an ihn rangewagt.

»Na schön. Meinen Alten kennt ihr ja noch.«

Ich erinnerte mich lebhaft an den unheimlichen Mann, der uns einst durch die Nacht gejagt hatte, und den wir mal umbringen wollten.

»Er hatte eine Schlägerei in einer Kneipe«, fuhr Benny fort, »was ja eigentlich nichts Neues ist. Aber diesmal ist er an den Falschen geraten. Und der hat ihm eine Bierflasche ins Gesicht gehauen. Mein Alter verlor dabei sein rechtes Auge und ist im Krankenhaus. Das war letzte Woche. Seitdem besuche ich ihn jeden Abend. Das heißt, ich geb ihm einen aus. Aber heute nicht.« Benny stellte sein Tablett weg und ging pinkeln.

»Tut uns leid«, sagten wir, als er zurückkam.

»Schon gut, wollen wir weiter?« Wir traten hinaus. Mir fielen erstmals die Prostituierten auf, und ich warf ihnen allen scheue Blicke zu. Es waren Gesichter, die keine Ähnlichkeit mit Lena hatten, und doch war es möglich, daß sie irgendwo ganz in der Nähe gefangengehalten wurde.

»Gehen wir ins Zentrum«, schlug Benny vor und führte uns zur Herbertstraße.

»Ich gehe nachsehen. Ihr seid ja noch nicht einmal volljährig.« Er verschwand hinter dem Durchgang, und wir warteten, während sich die Straße mit Menschen aller Art füllte. Vorwiegend häßliche Menschen. Dennoch waren wir die einzigen männlichen Passanten, denen die Prostituierten keine Beachtung schenkten.

Benny kam nicht zurück. Mick und ich rauchten, sahen alles und wurden nicht gesehen. Während wir da rumstanden kam mir ein unerwarteter Gedanke, langsam aber zwingend.

Ich hatte genug Geld dabei, um mir eine Prostituierte zu kaufen. Die meisten sahen zu meiner Verwunderung recht gut aus. Ich merkte, wie ich langsam die Seite wechselte und ihnen andere Blicke zuwarf als noch vor wenigen Minuten.

»Wo bleibt der nur«, fauchte ich Mick an, der ratlos die Schultern hob. Ich lenkte meine Gedanken wieder auf Lena, die vielleicht ganz in der Nähe war, und versuchte, wenigstens ein schlechtes Gewissen zu bekommen.

Endlich tauchte Benny wieder auf. Er schüttelte den Kopf.

»Sie war nicht dabei. Und wenn sie ein Junkie ist, wie ihr glaubt, dann ist sie da auch nicht.«

Ich folgte den anderen, die wieder zum Wagen gehen wollten, dachte aber nicht an Lena, sondern an die, neben der ich eben gestanden hatte.

Die Davidswache entließ gerade eine übermotivierte Eingreiftruppe, als wir einstiegen. Wir fuhren Richtung Hafen am Fischmarkt vorbei und stießen auf den Straßenstrich.

Außer uns rollten noch andere Wagen im Schrittempo durch die Straße. Direkt vor uns ein silbergrauer Opel, der bestens gepflegt war. Er blieb neben einem kleinen Fiat stehen, aus dem ein junges Mädchen stieg. Sie war nicht Lena, hätte es aber sein können.

»Was der braucht, ist ein bißchen Todesangst«, meinte Mick. »Stoß ihn mal an.«

»Wir können nun wirklich keine Publicity gebrauchen.«

Mick deutete auf den Aufkleber am Heck des Silbergrauen: Baby an Bord. »Der aber auch nicht.«

Benny ließ den Bird of Prey einen Satz nach vorn machen. Es knallte, und der Silbergraue wurde durchgeschüttelt. Der Fahrer, ein sonst leicht zu übersehender Mitdreißiger, sah geschockt hinter sich, ließ seine Blicke über die zerbeulte Karosserie unseres Wagens gleiten, erschrak noch mehr, und beschleunigte wie ein Profi. Wir stiegen aus.

Das Mädchen konnte nicht wesentlich älter als wir sein. Sie war von unseren Auftritt nicht gerade begeistert. »Na hoffentlich könnt ihr mich entschädigen.«

»Wie heißt du?« Ich biß mir auf die Unterlippe. So sanft hatte ich eigentlich nicht klingen wollen.

»Wenn ihr nur mit mir reden wollt, sucht euch eine, die blöd genug dafür ist.«

Bevor jemand rot werden konnte sagte Mick: »Wir geben dir dreißig Mark, wenn du uns sagst, ob du dieses Mädchen kennst, oder mal hier irgendwo gesehen hast.«

Ich holte Lenas Foto hervor und gab es ihr. »Das Bild ist zwei Jahre alt.«

»Ihr wißt schon, daß ich euch viel erzählen kann.«

»Aber das wirst du nicht«, behauptete Mick. »Du wirst uns nichts vorlügen, weil – weil wir eine Generation sind«, vollendete er geistesgegenwärtig. Und das Mädchen lächelte erstmals, seit wir aufgetaucht waren.

»Fünfzig«, sagte sie und lächelte noch immer. Ich schrieb ihr unsere Namen auf und sagte, daß wir in der Hafenstraße sein würden. Dann gab ich ihr das Geld.

Sie sah sich Lenas Foto an. »Und warum sucht ihr sie? Seid ihr verknallt? Wie ich euch einschätze, bringt ihr sie nur in Schwierigkeiten.« Sie gab das Bild an mich zurück.

»Ich kenne sie nicht.«

»Dafür hast du aber lange hingesehen.«

»Spiel hier nicht den Superbullen, Junge. Wir sind quitt. Und jetzt zischt ab.«

Wir gingen aber nicht. Das Mädchen ließ ein ziemlich erwachsenes Seufzen hören. »Also schön. Kommt in ein paar Tagen wieder. Ich halte die Augen offen.«

Wir bedankten uns. Sie wandte sich mir zu. »Hester«, sagte sie. »Das ist mein Name. Das war doch deine erste Frage.«

»Ja.« Das war leider alles, was mir dazu einfiel. Ansonsten dachte ich nur, daß wir eine Generation waren.

»Ihr müßt jetzt gehen.«

Niemand von uns hatte den Wagen bemerkt, der auf einmal dicht hinter unserem stand. Sein Licht blendete uns. Es war ein weißer Mercedes älteren Baujahrs, und es saßen drei Typen drin. Hinten stieg ein Mann in einem schwarzen Mantel aus. Es sah ein bißchen wie Gary Oldman als Dracula aus, nur daß er noch bleicher war. So bleich wie ein echter Vampir.

Ohne daß er etwas sagen mußte, verabschiedeten wir uns schnell von Hester und fuhren davon. Nach etwa zweihundert Metern wendete Benny jedoch, stoppte und machte das Licht aus. Wir konnten Hester und den Fremden sehen. Sie gab ihm etwas.

»Dieser Wichser«, knurrte Mick. »Wir haben ihn bezahlt

und nicht Hester. Ausgerechnet den, der vielleicht... ihr wißt schon.«

Benny ließ den Wagen wieder an und wendete erneut. Wir fuhren weiter die Straße hinunter. Dieses Arschloch! Aber Lena fanden wir nicht.

Der Strich endete, und zwei Kilometer weiter endete auch die Straße. Hier fing der Sandstrand an. Es war ein guter Platz, um die Nacht zu verbringen.

Benny war auch einverstanden, wollte den Wagen aber woanders parken. Wir luden die Sachen aus, dann fuhr er mit dem Bird of Prey ab.

Mick und ich bereiteten ein Lager, setzten uns in den Sand und beobachteten die kleinen Wellen auf dem Elbwasser, die von einem Containerschiff herrührten. Unser Platz war weit und breit die dunkelste Uferstelle. Ansonsten schien jeder Quadratmeter Hamburgs ausgeleuchtet zu sein. Zu beiden Seiten der Elbe flimmerte es wie verrückt. Mir gefielen die kalten Lichter, zumal sie uns nicht erreichten. Ich ging zum Wasser und ließ einen Stein tanzen.

Benny kam zurück. Ohne Auto, aber mit neuen Zigaretten und drei Sixpacks. Leider hatten wir kein Gras mehr, aber darüber beschwerten wir uns nicht.

Es war warm. So wie wahrscheinlich auch in Südfrankreich, wo wir offiziell unsere Ferien verbrachten. Wir tranken und redeten unverfängliches Zeug. Mick und ich wurden mit der Zeit etwas albern.

»Wer von uns ist das Hühnchen und wer der Hühnerhabicht?«

»Gakgak.«

Benny aber blieb ernst. Wir merkten es und kriegten uns allmählich wieder ein. »Ich will euch was fragen«, sagte er. »War ich für euch eigentlich sowas wie tot? Ich war irgendwann verschwunden. Und ihr dachtet wohl: Benny lebt in einer anderen Welt. Na klar, das hab ich ja immer gesagt. Tatsächlich eine ganz andere Welt, ja? Ich sag euch was. Ich war einen Telefonanruf weit weg. Ich war die ganze Zeit da. In genau dieser Scheißwelt. Naja, es ist natürlich nicht eure Schuld. Ich hätte ja auch mal anrufen können.«

»Wir – ich hab mich vielleicht geschämt. Warum hast du dich nie gemeldet?«

»Du dich geschämt? Wer hatte denn den ganzen Tag Unterricht mit den ganzen Idioten?«

»Wieso Idioten?« versuchte ich es. »Ich kenne keinen.«

»Nein, warum solltest du auch?« Benny schloß die Augen für mehrere Sekunden, und als er sie wieder öffnete, wirkte er etwas milder. Er zerdrückte die leere Bierdose.

»Außer, daß alles immer beschissener wurde, ist in den ganzen letzten Jahren nichts passiert, was irgendwie von Bedeutung war. Ich hab nicht mal davon geträumt Rockstar zu werden. Ich hab bloß ein bißchen Scheiße gebaut mit den anderen Idioten. Aber wir haben uns nicht angefreundet.«

Wir standen alle auf, trotteten zur Elbe und pinkelten auf sie. Die große schmutzige Elbe und der klare Bach unserer Kindheit.

»Weder ich noch irgendeiner von den anderen Idioten haben einen Schulabschluß. So landete ich im Hafen. Aber die Typen da, besonders die älteren, die haben alle eine echte Geschichte hinter sich. Lauter spektakuläre Geschichten, aber das merkt man ihnen nicht mehr an, versteht ihr? Jemand richtet sein Leben auf ein großes Ziel aus, und dann vergißt er es und überlebt es. Er überlebt dann sich selbst. Und irgendwann sieht man diesen Leuten nicht mehr an, daß sie mal mehr waren als Idioten ohne Namen, oder daß sie wenigstens mehr sein wollten. Dann fangen sie meistens noch an, anders zu reden, dieses breite Sprechen. Und dann weiß selbst der Bäcker beim Brötchenholen, was los ist. Eben ein Mensch ohne persönliche Geschichte. Genau das kommt auf mich zu oder hat mich schon. Ich glaube, ich steckte immer in dieser Mühle.«

Benny hob einen flachen Stein auf und schickte ihn Richtung Docks. Er machte einen großen Satz, dann wurde er von der Brühe verschluckt.

Mir war nicht wohl. Ich fand, daß Benny exakt den Acker aus meinem Alptraum beschrieben hatte. Und wenn ein Mensch erstmal fest dort lebte, dann sah man ihm nicht mal mehr seine Traurigkeit an. Benny hatte völlig recht. Man sah ihn eben überhaupt nicht mehr an. Hester hatten wir gesehen, weil sie in unserem Alter war. Die anderen Frauen hatte ich nicht wirklich gesehen.

»Vielleicht seid ihr noch gerade rechtzeitig gekommen«, sagte Benny. »Ein paar Monate später, und es wäre wahrscheinlich alles verloren gewesen. Ich habe Angst, diesen Punkt zu überschreiten.«

Wir gingen zu den Schlafsäcken zurück und öffneten weitere Biere.

»Daniel, du wußtest doch immer ein passendes Ritual. Wir kennen uns kaum noch und haben fast keine Zeit, um Lena zusammen zu finden. So wenig Zeit, um etwas von Bedeutung zu tun.«

Ich trank mein Bier leer, während Bennys Blicke auf mir lasteten. Ich wußte kein Ritual. »Wir müssen nur weit genug gehen«, behauptete ich.

Benny schüttelte den Kopf. »Ich werde bald wieder fort sein. Und dann findet ihr mich nicht mehr.«

Aber das glaubte ich nicht. Der Alkohol begann zu wirken. Ich sah nur uns, eingerahmt von den Lichtern der Stadt und den Sternen. Wo wir saßen, war die Mitte. Doch das sagte ich natürlich nicht. Ich sagte nur, und das war nicht sonderlich originell, daß alles gut werden würde, wenn wir einfach weitergingen. Viel weiter.

# Zwei Tage

*Look into my eyes*
*Don´t you trust me*
*You´re so good*
*You could go far*
Sonic Youth

Es war noch nicht lange hell, als ich die Augen öffnen mußte, um Bennys stämmige Gestalt vor mir aufragen zu sehen.

»Scheiße, Benny, muß es unbedingt schon jetzt sein?«

»Warten tötet.« Er wandte sich ab und machte sich an Mick zu schaffen. Wir rollten unter Beschwerden unsere Schlafsäcke und Isomatten zusammen, während der Himmel allmählich einen Rotstich bekam. Um diese Zeit war mir immer kalt. Ich war alles andere als in Aufbruchsstimmung, als wir uns zum Wagen schleppten. Ohne Widerworte ließ ich mich auf den Rücksitz abschieben. Benny startete durch.

»Warum sagst du eigentlich immer, daß am Montag alles aus ist? Was ist denn am Montag?«

»Dann ist das Wochenende vorbei.«

»Klar, du mußt wieder arbeiten, aber deshalb bist du doch nicht aus dem Rennen.«

»Doch das bin ich. Der Staat schluckt mich am Montag. Grundwehrdienst in Goslar.« Er bedachte uns mit einem Blick, der jegliches Nachhaken im voraus abschmetterte. Was sollten wir ihm als Schuljungen dazu auch raten? Daß er durchbrennen sollte? Daß die Feldjäger nicht so gut waren wie ihr Ruf? Wir schwiegen. Das war nichts Neues. Wir hatten immer geschwiegen, wenn es besonders schlecht um Benny stand und er uns so ansah.

Es war mir auch jetzt unmöglich, daran etwas zu ändern. Es war genau wie früher. Benny wurde in eine Sackgasse gezwungen, und wir konnten nichts weiter tun, als für eine kurze Zeit zusammen mit ihm die Fahne des Sommers hochhalten und hoffen, daß sie wenigstens verzaubert war und sichtbar für Lena im Wind wehte.

Wir fuhren nach Schnellsen, wo sie gewohnt hatte, bis sie vierzehn war. Ihre Eltern lebten noch immer dort, und die wollten wir nach ihr fragen. Es war eine Gegend, in der Schrebergärten Trumpf waren.

»Irgendwie beruhigend, daß besondere Menschen aus so langweiligen Orten hervorgehen können«, fand Mick. »Vielleicht gibt es ja noch Hoffnung für uns.«

Die nächste Seitenstraße war schon unsere. Benny hielt direkt vor Lenas abgestreiftem Zuhause. Man konnte es einem Haus immer ansehen, wenn seine Bewohner unglücklich waren. Die emotionale Armut, die dort vorherrschen mußte, zeigte sich in Form des kniehohen Jägerzauns, im Beige der Hauswand und im gestutzten Rasen hinter der Pforte, der trotz seines Kurzschnittes nicht einmal einen ordentlichen Eindruck machte. Das galt für die ganze Straße. Alle Häuserwände waren glatt verputzt, und nicht eine war wenigstens weiß.

Wir rauchten ein paar Zigaretten hintereinander weg, weil es noch zu früh war, um zu klingeln. Dann rauchten wir weiter, bis uns schlecht wurde. Benny hatte die großartige Idee, ein Fenster zu öffnen. Niemandem war klar, was wir uns von diesem Besuch erhofften. Es war ihr Elternhaus. Ich glaubte nicht, daß Lena dort Spuren hinterlassen hatte. Außer vielleicht auf dem Gesicht ihrer Mutter, die ich mir aus irgendeinem Grund als ungeheuer alt vorstellte. Es wurde neun Uhr und halb zehn. Frühstück in Deutschland.

Dieses Haus dort hatte keine Verbindung zur Außenwelt, und es gab kein Lebenszeichen von sich. »Wollen wir weiter?« schlug ich vor.

Mick schüttelte den Kopf. »Es ist gut, chronologisch vorzugehen«, fand er. Vielleicht hatte er recht. Irgendwann einigten wir uns darauf, daß ich gehen sollte. Ich besann mich nur kurz, schlug die Wagentür hinter mir zu und überquerte die stille Straße.

Ich beugte mich tief herunter, um die Pforte zu öffnen. Ich wollte nicht drübersteigen. Lenas Familienname stand dicht unter dem Klingelknopf. Ich wartete unnütz, dann drückte ich ihn. Im Haus regte sich nichts. Benny und Mick sahen gespannt zu mir herüber. Mit einer wilden Handbewegung bedeutete ich ihnen, den zerbeulten Wagen aus dem Sichtfeld zu fahren, was sie zum Glück auch schafften, bevor die Haustür einen Spalt geöffnet wurde. Die Kette erlaubte nur einige Zentimeter Spielraum. Ich trat einen Schritt zurück. »Frau Dizelsky? Ich bin Daniel. Ich bin ein Freund. Ich bin auf der Suche nach ihrer Tochter Lena.«

Die Kette wurde gelöst und die Tür ganz geöffnet. Frau Dizelsky blieb im Türrahmen stehen. Sie rauchte eine Mentholzigarette. Sie sah in etwa so aus, wie ich immer vermutet hatte. Sie war hager, und ihr Gesicht war eingefallen. Es fiel noch mehr in sich zusammen, wenn sie an ihrer Zigarette zog.

»Und was für ein Freund bist du?«

»Ein alter Freund. Ich war ein Kind, als ich ihr begegnete. Sie war fünfzehn und sowas wie mein Mentor. Ich habe sie lange nicht gesehen.«

Lenas Mutter lächelte. Es war Bitterkeit in ihrem Lächeln aber auch etwas Milde. Sie schüttelte den Kopf.

»Ich habe leider keine Ahnung, wo meine Tochter ist. Ich weiß nicht mal, ob sie noch in der Stadt ist. Einige Zeit war sie in England, dann kam sie zurück. Wir haben keinen Kontakt. Manchmal denke ich, sie ist uns zugeflogen und wieder entflogen. Mein Mann nannte sie einen Wildfang, und das war sie auch.«

Mir war unwohl. Ich schwieg eine Weile, dann sagte ich, daß ich mir das vorstellen könnte.

Sie nickte. Ich hatte das Gefühl, daß ihre Mutter mir vertraute, daß sie sogar auf mich hoffte. In ihren Augen mußte ich unschuldig aussehen, obwohl ich meine ersten Gemeinheiten längst hinter mir hatte.

»Es tut mir leid, daß ich Sie gestört habe«, sagte ich. »Ich suche jetzt weiter.« Ich senkte den Kopf und machte kehrt. Als ich an der Pforte angelangt war, rief sie meinen Namen.

»Sag mir bitte Bescheid, wenn du sie wirklich findest.« Ich versprach es und beeilte mich, von hier fortzukommen. Ich verstand, warum Lena es auch so eilig damit gehabt hatte, auch wenn mir ihre Mutter leid tat.

Der Weg nach Hause führte in eine Falle, wenn man ihn zu oft ging. Er konnte sich im Niemandsland verlieren, oder in ein verstaubtes Museum führen, in dem nichts von Bedeutung ausgestellt war.

Meine Freunde parkten eine Straße weiter. Ich stieg zu und sagte, daß wir hier nichts mehr verloren hatten.

Unsere nächste Station war die Sternstraße in St. Pauli. Wir waren uns einig, daß wir gleich dorthin hätten fahren sollen, aber auch das war ein Trugschluß. Es war ein Ort, der uns gefiel, doch auch Orte konnten täuschen, was ihre Bewohner anging.

Lenas WG gab es nicht mehr. Wir trafen bloß auf vier langweilige Politikstudenten, die gemeinsam frühstückten. Sie klopften auf ihre weichgekochten Eier und hatten Mühe, nicht gleich wieder einzuschlafen. Von einer Lena hatten sie noch nie gehört, was bei denen nicht weiter verwunderlich war. Wir gingen grußlos und aßen ein paar Häuser weiter Chili. Mick war ungewohnt schweigsam, und ich fragte ihn nach dem Grund.

»Diese Leute sind alle nur ein paar Jahre älter als wir. Wie kann man da schon so beschissen sein? Das fängt schon bei meinem Cousin an. Gib mir für zwei Wochen ein Gitarre, und ich kann es besser.«

»Und was ist mit Jack in the Green?«

»Okay, der spielt in einer anderen Liga. Aber tauschen möchte ich nicht mit ihm.«

»Lena muß unter ihren Altersgenossen ziemlich einsam sein«, witzelte ich. »Das ist vielleicht unsere Chance.«

Da wir nicht wußten, wo wir weitersuchen sollten, parkten wir den Wagen nahe der Reeperbahn und zogen zu Fuß zur Hafenstraße. Benny war nicht gerade begeistert. Er wollte, daß wir unter uns blieben und nicht von noch mehr Studenten überschwemmt werden.

»Das sind doch nicht nur Studenten«, versuchte ich es. »Wir haben diese Adresse nicht von einem Studenten bekommen. Vielleicht sind sie so cool, wie die Zeitungen früher behauptet haben.«

Aber Benny war nicht überzeugt. »Mir egal«, sagte er. »Was ich will, dürfen die noch lange nicht wollen.«

Im Vergleich zum restlichen St. Pauli war die Hafenstraße eine Insel der Ruhe. Wir klingelten bei »Küche«, wie man es uns aufgetragen hatte. Eine Frauenstimme fragte, wer wir wären. Ich brabbelte in die Sprechanlage hinein. Als ich den Namen Nomad fallenließ, sprang die Tür auf.

Wir schleppten uns die offensichtlich baufällige Treppe hinauf, die nicht mal ein Geländer hatte. Es war erfrischend. Hier konnte nur wohnen, wer jung genug war. Ein Mädchen um die zwanzig wies uns den Weg. Es schien Dutzende von Zimmern zu geben, doch dann landeten wir in der Küche, die einen Panoramablick auf den Hafen erlaubte.

Die Sonnenstrahlen drangen mit ungewohnter Schärfe durch das Glas und sahen aus wie Laserbündel, die auf alle möglichen Punkte des Raumes gerichtet waren. Auch Benny war fasziniert und setzte sich still an den Tisch in der Saalmitte. Das Mädchen blieb mit verschränkten Armen stehen.

»Kann ich euch etwas bringen?« fragte sie spitz. »Vielleicht etwas Süßes?«

Ich tat, als hätte ich nichts gehört. Mick fragte sie nach ihrem Namen. Sie nannte sich Chris und hatte ihre dunkelblonden Haare zu Dredlocks gerollt. Ich hatte das immer für eine Angeberfrisur gehalten, wenn nicht sogar für eine moderne Popperfrisur, so, als sollten die Dredlocks über die eigentliche Harmlosigkeit der Person hinwegtäuschen. Aber es gab auch Menschen, bei denen kam man gar nicht erst auf so verquere Gedanken.

Mick versuchte mit ihr zu flirten. »Ist das eine Rollins-Sonne?« Er zeigte auf ihr Oberarmtattoo. Chris schüttelte den Kopf. »Ne, wie kommst du denn darauf? Spinner!«

Aber nicht viel später unterhielten sie sich angeregt über Hardcore.

Ich beobachtete, wie Staubfusseln in einem der Lichtstrahlen auf- und abtanzten, bis ich aus den Augenwinkeln eine merkwürdige Figur wahrnahm, die am Saal vorbeihuschte. Ein Typ in langen Unterhosen, der einen verdrahteten Helm auf dem Kopf hatte. Einen mit Elektroden gespickten Helm.

»Was war denn das?« fragte ich Chris. »Euer Borg?«

»Das war Axel. Vor sechs Monaten wurde er verhaftet. Es war eine Computergeschichte. Seitdem glaubt er, daß man ihm ein Implantat eingesetzt hat und hält sich für einen ferngesteuerten Spitzel der Regierung. Der Helm soll das alles neutralisieren. Er ist echt nett.«

Mick und ich grinsten uns an. Wir fragten nicht, warum diese Runde einen Spitzel wert war. Benny schwieg verächtlich. Ich wollte wissen, wo Nomad war.

»Der kommt heute nicht. Wir erwarten noch Besuch von rechts. Der HSV spielt heute gegen Dortmund oder so. In ein paar Stunden verbrüdern sich die Hools und schauen bei uns vorbei.«

»Ach du Scheiße. Und wer steht zur Verteidigung bereit?«

»Na alle. Wir haben viel zu verlieren. Ihr glaubt nicht wieviel.«

Axel betrat den Saal, nahm aber von uns keine Notiz. Er machte eine Gurke klein, verteilte sie auf einer Scheibe Schwarzbrot und verschwand. Ich fragte mich, ob er noch mehr Helme hatte für heute Abend.

Mick ließ sich von Chris durch alle Zimmer führen, während Benny und ich am Tisch zurückblieben. Ich sah mich in der Verantwortung, weil wir ihn hier hergebracht hatten und suchte verzweifelt nach einer Idee für die nächsten Stunden. Wir hatten keine Zeit mit Warten zu verschwenden.

Schon früher hatte Bennys Gegenwart eine Herausforderung dargestellt. Aber vielleicht machte ich mir ganz umsonst Sorgen, denn er sah sich neugierig im sonnendurchfluteten Raum um. Schließlich stand er auf und wanderte und sah sich alles aus der Nähe an.

»Ich hab nicht gewußt, daß man so leben kann«, sagte er voller Verwunderung. »Ist doch besser als bei mir. Viel besser.«

»Ja, es scheint noch Möglichkeiten zu geben in dieser Welt. Wirf doch mal einen Blick in den Kühlschrank.«

Dieser Kühlschrank war mindestens ebenso gut gefüllt wie der meiner Eltern vor dem Wochenende. Wir nahmen, was wir wollten. Ein Sonnenstrahl fuhr direkt in meine Cornflakes. Es war nicht schwer, sich vorzukommen wie auf Camelot, und deshalb tranken wir auf den bevorstehenden Sieg über die Hools. Wir freuten uns schon darauf, Seite an Seite zu kämpfen wie früher. Wir freuten uns über das neue alte Gefühl, das wieder mit uns war. Dann irrten wir in der weitverzweigten Wohnung herum und landeten irgendwann in einem stilvoll eingerichteten Raum, den wir Chris zuordneten. Aber dort waren sie nicht. Dennoch schlug ich in Erwartung betörenden Mädchenduftes die Bettdecke zurück. Dieser Mick! Ich begann mir den Kopf über ihn zu zerbrechen.

Wir zogen weiter. Aus dem Zimmer am anderen Ende des Korridors drang ein gleichmäßiges elektrisches Summen. Wir klopften, und eine männliche Stimme gab ein Geräusch von sich, das sich nicht wirklich von dem Summton abhob.

Als wir eintraten, fanden wir den behelmten Axel vor, der vor seinem Computer hockte. Das hieß, er war von Rechnern umzingelt, die miteinander vernetzt waren und Undefinierbares über die Monitore laufen ließen. Die Frage, was er dort tat, stellte sich ganz von selbst. Axel drehte auf seinem Chefsessel herum. Gerade kaute er hektisch auf einem viel zu großen Stück Milkyway.

»Laß dir ruhig Zeit«, schlug Benny ihm vor, aber das tat er nicht, sondern schluckte den Brocken wie er war. Dann erklärte er es uns.

»Wir schleusen zersetzende Viren bei multinationalen Konzernen ein, die auf den Untergang der Welt hinarbeiten.«

»Gute Idee. Und wen hast du jetzt gerade in der Schlinge?«

Aber Axel wurde nervös und rückte nicht damit raus. Er sagte, daß er sich nur einen Scherz mit uns erlaubt hätte. Es war entweder Programmiererhumor oder die totale Unbeholfenheit des Genies oder auch des Fachidioten.

»Was passiert, wenn du deinen Helm abnimmst?« fragte ich ihn. Um sein Vertrauen zu gewinnen, fügte ich noch hinzu, daß ich Menschen mochte, deren Anliegen global waren, aber es war umsonst. Axel ging seiner ominösen Arbeit nach und ignorierte uns so gut er konnte.

Wir verließen ihn, die Wohnung und das Haus und schlenderten hinunter zur Elbe. Von einem Steg aus kletterten wir auf einen Schlepper und ließen uns von der tieforangefarbenen Sonne bescheinen. Benny sah zufrieden aus.

Der Kapitän fand uns, unternahm aber nichts dagegen, sondern lobte unsere Wahl. Wir lachten. So mußten sich Gläubige fühlen, denen der Segen erteilt wird.

Einen ganz privaten Glauben hatte ich auch. Ich glaubte an Zeichen der Zustimmung und Ablehnung seitens der Welt. Dies war so ein Zeichen der Zustimmung und für mich der Beweis, daß wir in der abendlichen Schlacht nicht fallen würden.

Benny ließ sich vom Kapitän sogar einen extrastarken Kaffee bringen. Ich brauchte nichts, nicht einmal Zigaretten.

»Ich bin jünger als letzte Woche«, sagte Benny.

Als wir in den Saal zurückkehrten, waren Stunden vergangen. Es hatten sich dort viele Leute eingefunden, die vorwiegend schwarze Lederjacken trugen. In einer Ecke stapelten sich Polizeistöcke, Baseballschläger und schwere Ketten. Mick sprang von hinten zwischen uns.

»Verdammt, wo wart ihr?« rief er gutgelaunt und deutete in die Runde. »Was haltet ihr von dieser Exekutive.«

»Keine Ahnung. Brauchen wir sie? Wo warst du überhaupt?«

»Chris und ich haben Molotowcocktails gebaut.«

Chris erschien mit vier anderen Mädchen, die so ungefähr überall gepierct waren. Mick umfaßte Chris' Taille, worüber sie sich nicht beschwerte. »Wenn es drauf ankommt«, sagte er, »dann ertränken wir den rechten Mob in Feuer.«

»Trotz der Biere, die eingenommen wurden, geriet die Menge im Saal nicht ins Gröhlen. Die Leute standen in kleinen Gruppen zusammen und hörten einander konzentriert zu. Während Mick auf Chris einredete, zogen Benny und ich uns in den Korridor zurück und rauchten eine. Aus dem Computerzentrum summte es genau wie vorhin. Ich fand, daß alle, die hier versammelt waren, dringender einen Helm brauchten als Axel. Aber vielleicht täuschte ich mich auch.

Nicht viel später geriet die Menge im Saal in Bewegung. Sie holten sich ihre Waffen. Da ich mich sowieso nicht trauen würde, mit einem Baseballschläger voll durchzuziehen, nahm ich einen Polizeistock. Mick machte es genauso, aber Benny griff zum Baseballschläger.

Diese Polizeistöcke waren wirklich multifunktionell. Ich legte die Hand um den senkrecht angesetzten Griff. Man konnte mit dem Ding zu beiden Seiten stoßen und es als Schutz gebrauchen. Letzteres übte ich mit Benny, bis ich die beste Kontermöglichkeit herausgefunden hatte.

Innerhalb unserer Gruppe schien es keine Hierarchie zu geben, und trotzdem wußte jeder, wo sein Platz war. Wie bei der freiwilligen Feuerwehr. Als wir alle das Haus verließen, war es draußen immer noch hell.

Die Straße war wie ausgestorben. Kein Auto fuhr, und niemand, der nicht Teil des Abends sein würde, ließ sich sehen.

Mick, Benny und ich zogen uns in einen Hauseingang zurück, der sonst keinem mehr Platz bot. Mick gab uns allen Feuer. Trotz des Windes schaffte er es auf Anhieb. Ein weiteres gutes Zeichen. Wir warteten in wachsender Unruhe. Die Furcht kroch in mich hinein, aber sie lähmte mich nicht, sondern verband sich mit der Vielzahl von Gefühlen, die jetzt in mir wohnten. Alle diese Gefühle schlossen sich zu reiner Aufregung zusammen, und ich konnte nur denken – was habe ich für coole Freunde?

Dann kamen endlich die Anderen in den berüchtigten Bomberjacken und Edwinjeans und mit ihren schweren Stiefeln. Sie wirkten weit weniger organisiert als ich gedacht hatte. Es waren außerdem nur etwa zwanzig Hools, und nicht jeder von ihnen war drei Meter groß. Sie waren auch nicht betrunken und ausgelassen, sondern ließen eine Gereiztheit spüren, die irgendwie nach innen gerichtet war. Und doch waren es die, die in der alternativen Welt Angst und Schrecken verbreitet hatten.

Der Pulk hielt sich auf der Straßenmitte, was bedeutete, daß sie sich über ihre Verwundbarkeit nicht wirklich im klaren waren. Chris zeigte sich an einem der offenen Fenster. Der Pulk stoppte.

Sie brüllten alle »Votze« und »Nutte«, als gebe es keine anderen Schimpfworte. Sie wiederholten sich dutzendfach und wurden nicht müde. Und als der behelmte Axel neben Chris auftauchte, nannten sie ihn erwartungsgemäß eine »Schwuchtel«.

Dann begann es. Zuerst flogen die Molotowcocktails. Sie wurden nicht direkt in den Pulk hineingeworfen, sondern zerplatzten zu allen Seiten des Hoolhaufens. Es gab kaum ein Geräusch, das einschüchternder war als auf Asphalt zerplatzendes Glas. Nichts konnte eindeutiger zu Bruch gehen. Es bildeten sich Feuerseen, und die Hools stoben zu allen Seiten auseinander. Sie gerieten in die Nähe der Hauseingänge. Ich sah, wie der erste von ihnen in einen der Eingänge hineingezogen wurde und nicht wieder auftauchte. Wenig später stürmten unsere Leute von allen Seiten auf den Feind ein.

»Geschlossene Formation«, sagte Benny, und auch wir gingen vor.

Ich tauchte urplötzlich vor einem versprengten Hooligan auf und ließ ihm kaum Zeit für einen fragenden Gesichtsausdruck. Mein Polizeistock grub sich in seinen Magen, als führte er ein Eigenleben. Er krümmte sich, und ich trat ihm ins Gesicht. Der Hooligan fiel zurück und blieb liegen wie an ein Kreuz geschlagen. Mick umlief einen anderen, der inmitten der brennenden Pfützen die Orientierung verloren hatte und schlug ihm gegen den Hinterkopf. Ich sah, daß er dabei lächelte. Benny tauchte neben mir auf und deutete auf mein Opfer.

»Worauf wartest du?« fragte er streng. »Mach ihn richtig fertig.«

Ich trat zweimal halbherzig nach, wodurch ich keinen weiteren Schaden verursachte. Benny ließ mich stehen und stürzte sich ins Zentrum der Schlacht. Er führte seinen Baseballschläger mit erschreckender Präzision. Am Ende stand er allein in der Straßenmitte zwischen den Feuerseen.

Dann heulten Polizeisirenen auf. Drei Wannen und ein Wasserwerfer fuhren vor. Die flüchtenden Hools und einige von uns wurden einkassiert, und der Wasserwerfer löschte systematisch die von uns entfachten Flammen.

Benny rührte sich nicht vom Fleck, während der Rest in den Häusern Schutz suchte. Mick und ich gesellten uns zu ihm, und so standen wir da in Erwartung des Wassers, das uns hinwegspülen würde. Der Strahl traf mich mit ungeahnter Wucht. Ich hob ab, als säße ich auf einem Springbrunnen. Wir rollten übereinander, wurden nochmals getroffen und ein paar Meter weiter geschwemmt.

Es machte durchaus Spaß. Die Bullen merkten das irgendwie und setzten einen Greiftrupp auf uns an.

Aber wir waren uneinholbar für die viel zu schwer gepanzerten Polizisten, die wohl seit Ewigkeiten keine Freude über die eigene Geschwindigkeit empfunden hatten. Die Art von Geschwindigkeit, die man braucht, um Tore zu öffnen.

Nach Stunden des Herumirrens im Glanz der Neonreklamen klingelten wir naß und glücklich bei »Küche«. Chris kam die Treppe hinuntergeflogen und fiel Mick um den Hals, als wäre sie das gerettete Turmfräulein und er der wagemutige Lanzelot.

Benny und ich schoben uns an ihnen vorbei und betraten den Saal. Auf unserer Seite gab es kaum Verletzte zu beklagen, und nur vier waren festgenommen worden. Niemand hier konnte sich an einen so deutlichen Sieg erinnern. Wir griffen uns trockene Klamotten und zogen uns mit ein paar Bieren ins unbesetzte Rechenzentrum zurück. Auch Axel feierte, und wo Mick war, konnten wir uns denken, auch wenn es eigentlich unglaublich war.

Benny öffnete die Dachluke und kletterte hinaus. »Komm schon«, rief er mir zu. »Es ist nicht gefährlich.«

»Hab ich was gegen Gefahr gesagt?« Ich folgte ihm hinaus. Wir steckten unsere Füße in die Dachrinne und lehnten uns zurück. Das leuchtende Hamburg lag ausgestreckt vor uns. Fast so, als wollte es von uns erobert werden.

»Ich hab in letzter Zeit ein bißchen gelesen«, sagte Benny. Wenn Leute aus meiner Schule so etwas sagten, die sowieso damit gefüttert wurden, dann klang es immer entweder so wie: Ich bin klüger als du, oder wie: Ich bin anders als die anderen, und es tut weh. Aber hier sprach Benny, der sowas Bescheuertes ganz bestimmt nicht ernsthaft denken konnte.

»Und was?« fragte ich. Ich war neugierig, da ich außerhalb der Schule überhaupt nicht las, sondern nur Musik hörte.

»Bücher darüber, wie man immer jung bleibt, oder es wieder wird. Sowas wie im Hyperion. Ich hab das gelesen, weil, einem lebenden Menschen würde ich solche Sätze nicht glauben. Naja, ich kenne auch keinen, der sowas sagen könnte. Komisch?«

»Nein, wieso?« Es war schon komisch, aber bei ihm irgendwie nicht.

»Also, nicht daß ich darüber einen Aufsatz schreiben könnte, aber es geht um das, was ich jetzt mache.«

»Um was denn?«

»Weißt du noch, wie Lena damals gesagt hat, daß ich dir nicht von der Seite weichen soll, weil du soviel Glück hast, daß es ansteckend ist? Du weißt ja selbst, was daraus geworden ist. Ich wurde dreizehn und vor kurzem achtzehn und stand immer neben meinem Alter. Ich hab es nie gelebt. Klar, ich hatte schon oft Schlägereien, aber das waren solche, wie mein Alter sie auch hatte, wenn er auf Sauftour ging. Es ging dabei nie um was Bestimmtes. Meistens nicht mal um irgendein Mädchen. Ich brauchte einfach nur ein Ventil oder so, du verstehst.« Benny zerknüllte seine Bierdose und warf sie durch das Fenster ins Computerzentrum.

»Vielleicht solltest du noch verweigern«, sagte ich.

»Jaja, vielleicht. Reden wir jetzt nicht davon.«

Ich schwieg und versuchte, einen klaren Gedanken zu fassen, doch das war noch nie meine besondere Stärke gewesen. Vielleicht hatte dieser Hyperion gewußt, wie man den Acker umging, der uns allen bevorstand. Benny hatte dort gelebt, und Simon, wer wußte schon, wo oder wie Simon gelebt hatte.

Benny stieß mich sanft an. »Daniel«, sagte er. »Du bist ein echter Spinner. Aber du bist auch ein sehr brauchbarer Spinner.«

»Tja, nur bringt einen rumspinnen auch nicht gerade weiter.«

»Klar. Der Spinner braucht immer helfende Hände, aber die brauchen den Spinner.«

»Wenn das so ist, dann hatte Lena wohl recht. Dann bin ich ein Glückskind.«

»Lena hatte immer recht.«

Im ersten Augenblick freute mich dieser Satz, aber dann hatte ich eine unliebsame Ahnung, wohin unser Trip eigentlich ging. Vielleicht ging es mir gar nicht um Lena und ihre Rettung aus dem ersponnenen Abgrund, und auch nicht um Benny oder Mick, sondern nur um mich selbst. Vielleicht wollte ich nur, daß sie mir einen neuen Weg zeigte.

Dieser Hyperion war eine erfundene Figur, die sich jemand vor Jahrhunderten ausgedacht hatte. Ein Buch war mit Sicherheit zu schwach für einen dauerhaften Ruck. Es gab keine Bibel. Es gab auch keine Songs, die ein Leben ändern konnten.

Wenn ich ehrlich war, dann wollte ich, daß Lena mich bei der Hand nahm und um den schlammigen Acker führte.

Aber wenn sie doch unsere Hilfe brauchte, und wenn wir erfolgreich sein würden, dann hätte es den gleichen Effekt.

Ich dachte auch an Hester, die vielleicht jetzt gerade unter einem schweren stinkenden Leib begraben lag. Ihr konnten wir vielleicht wirklich nutzen, aber einen Plan hatte ich natürlich nicht. Vielleicht fehlte es uns dazu aber auch an Geld.

Ich ließ mir von Benny eine Zigarette geben. Er hatte mittlerweile viele Bierdosen geleert.

»Ich bin ziemlich dicht«, sagte er. »Ich könnte so wegpennen.«

»Dann stürzt du wahrscheinlich ab.«

»Sag mal, Daniel, findest du es gut, daß wir wahrscheinlich noch so lange zu leben haben, oder kotzt es dich an?«

»Wir können jederzeit aufhören. Ein Bekannter von mir hat es so gemacht. Wir brauchen nur hier einzuschlafen, dann fallen wir ganz von selbst.«

»Ja, nur nicht zuviel schlafen.«

»Natürlich nicht. Wir haben ja noch einiges vor.«

»Du und Mick, ihr ja. Für mich ist morgen erstmal Schluß.«

»Du bist nicht aus der Welt.«

Aber Benny schüttelte den Kopf. »Es ist schon spät, und wir sollten uns nichts vormachen. Aber es war gut mit euch. Besser als alles in den letzten Jahren.«

»Du kommst zurück, sobald du kannst. Du weißt ja, wo du uns findest. Wir brauchen dich dringender als die verdammte Armee.«

»Du bist ein Spinner, aber du hast recht. Wir dürfen nicht nochmal soviele Jahre vergehen lassen.«

Diesmal stieß ich ihn an. Es war ein Versprechen. Ich ließ meine Blicke nochmals über die Stadt wandern und sah, daß sie eine zu große Beute war. Dann erlaubte ich mir, Benny lange anzusehen, weil er die Augen geschlossen hatte. Ein schweres Glücksgefühl überkam mich.

Ich war ein Spinner, aber ich war gut aufgehoben.


Die Nacht wirkte leider nicht in den Morgen hinein. Es war ein Morgen, der von Hast bestimmt war. Benny und ich hatten uns letztlich im Rechenzentrum ausgebreitet und erwachten in Katerstimmung. Über Micks Verbleib konnte ich nur spekulieren, jedoch fanden wir ihn und Chris im Saal vor. Nur die Morgensonne fehlte.

Benny packte kurzentschlossen seine Sachen zusammen.

Während Chris in bester Stimmung war, machte Mick einen leicht verstörten Eindruck. Ich würde nicht vergessen, ihn später nach dem Grund zu fragen.

Den Bird of Prey ließen wir, wo er war. Wir fanden aber auch den Gedanken unerträglich, einander stumm in der S-Bahn gegenüberzusitzen. Deswegen gingen wir zu Fuß zum Hauptbahnhof.

Das alte Hamburg machte selbst am Sonntag einen geschäftigen Eindruck.

»Seht zu, daß ihr sie findet«, sagte Benny. »Wer weiß, was davon abhängt.«

»Wir schreiben dir auch eine bombensichere Verweigerung. Dann wird es leichter für dich.«

Benny nickte zwar, ließ aber erkennen, daß er nicht überzeugt war.

»Wann geht dein Zug?« fragte Mick.

»In einer Stunde.« Aber mit einer Stunde konnten wir nichts anfangen. Wir hielten eine Pizza auf die Hand für das Beste. Sie war ziemlich übel, und niemand kriegte sie so ganz herunter. Dann erreichten wir den Bahnhof.

Benny hatte alles Notwendige dabei. Er würde von hier aus direkt nach Goslar fahren.

Sein Zug fuhr lautstark ein. Züge hatte ich noch nie gemocht. Nicht erst seit Simons Tod.

»Also dann«, sagte Benny, »haltet euch.«

»Und du, laß dich nicht völlig einsperren.«

Er stieg ein und nahm unsichtbar für uns in irgendeinem Abteil Platz. Zuviele Menschen drängten hinein. Dann fuhr der Zug an, und ich dachte: Du läßt es schon wieder zu.

Der Zug fuhr eindeutig in die falsche Richtung. Er brachte Benny in eine Zukunft, die ihm nicht gehörte und die im schlechten Sinne gefährlich für ihn war. Ganz klar die falsche Richtung.

# Vernetzt

*Karma Police – arrest this man.*
*Radiohead*

Wir hockten am schmutzigen Wasser eines Kanals gegenüber dem Alsterpavillon. Dort hatten wir gerade die Zeche geprellt und waren davongekommen.

Die ganze Stadt lag in einem Licht da, das an den Herbst erinnerte. Ein milchigweißer Fleck am Himmel verriet den Standort der Sonne, aber auch wenn man direkt hineinsah, wurde man nicht gerade geblendet.

Wir saßen da und lutschten an einem dämlichen Eis, das wir uns ganz legal gekauft hatten. Ganz so hätte es Ruben wohl auch gemacht. Um nicht an Benny zu denken, sagte ich etwas über Chris. Über ihre lebendige Art. Er hob bloß die Schultern, und ich dachte: da muß es doch noch mehr geben.

»Willst du über letzte Nacht sprechen?« fragte ich im Tonfall eines vor Neugier brennenden Psychologen. Mick saugte das Resteis aus seiner Waffel und sah mich unglücklich an.

»Oh Mann«, sagte er, »ich wollte eigentlich nie etwas darüber sagen, aber wenn ich es jetzt doch tue, dann halt du bloß deine Klappe. Ist das klar?«

»Völlig klar. Also was?« Ich freute mich schon.

»Gestern abend nach der Schlacht haben Chris und ich mit den anderen noch getrunken. Du hast dich mit Benny verpißt, also blieb ich an Chris dran. Sie hatte keine Schuhe an und saß mir gegenüber. Jedenfalls, sie strich mir mit ihrem Fuß am Bein entlang. Ich verstand sofort. Dachte ich jedenfalls. Ich steh also auf und gehe. Ich gehe direkt in ihr Zimmer, zieh mich aus und warte unter der Decke auf sie. Ich hab mir ein bißchen Sorgen gemacht, weil ich ja erst mit ein paar Mädchen rumgefummelt habe, und dann kam sie. Sie sieht meine Sachen und zieht sich im Stehen aus.«

»Und weiter?« Ich nickte aufmunternd.

»Bevor du dir zuviele dreckige Gedanken machst – schwarz wie die Nacht.« Er machte eine Pause bevor er weiterredete. »Aber da war noch mehr. Da war dieser blaue Faden zwischen ihren Beinen.«

»Na und? Sie hatte halt ihre Tage.« Ich rieb mir die Hände.

»Ja, Schlaukopf. Sie geht aber nicht mit mir unter die Decke, sondern reißt sie einfach weg.«

»Und? Hat sie dich ausgelacht?«

»Halt die Fresse, nein. Sie legt sich auf mich und ist so... weich.«

Ich machte eine Faust und lachte. »Und du bist nicht weich. Du bist...«

Er drohte mir mit der angebissenen Waffel. »Du sollst dein Maul halten. Also, sie hatte ja ihre Tage. Sie grinst mich an, rollt von mir runter und hält mir ihren Hintern hin und sagt: es gibt noch andere Möglichkeiten.« Mick schob sich den Rest der Waffel in den Mund und knurpselte darauf herum.

»Und du hattest einen Ständer wie nie zuvor in deinem Leben«, vollendete ich und lachte in mich hinein wie Tom aus »Tom und Jerry«.

Aber er sah mich so ernst und verzweifelt an, daß ich damit aufhörte. Ich kämpfte aber noch lange gegen das Zucken meiner Mundwinkel.

»Du hast es getan«, stellte ich fest.

»Ich hab was getan!?«

»Es war dein erstes Mal, aber du hast es anders gemacht als die anderen. Du wolltest gleich mehr und da hast du...« Vielleicht war es nicht lustig, aber ich gab mich endgültig meinem Lachanfall hin, und es echote aus dem schmutzigen Kanal herauf zu uns.

Auch nach einer Stunde des Fußmarsches hatte ich mich noch nicht wieder richtig im Griff. Von Mick ganz zu schweigen.

Wir erreichten unser buntes Haus. Im Saal saß ein Typ mit – mit was? – ein von Kopf bis Fuß unauffälliger Typ eben. Aber er löffelte Haferflocken. Chris war zum Glück nicht da. Wir setzten uns zu dem Typen, der nicht von seinem Teller aufsah, während er uns ansprach.

»Also von wem kennt ihr meinen Namen?«

Das also war Nomad. Wir musterten ihn, als ob er der Gast wäre und nicht wir.

»Du meinst deinen Decknamen.«

»Es ist mein Name. Also? Wer gab ihn euch?«

»Ein Freund von dir, Jack in the Green.«

»Scheiße, dann seid ihr vom Dorf.«

Wir lächelten gequält. Das war etwas, gegen das wir uns nicht wehren konnten. Nomad schien das zu merken, und es machte ihm Spaß.

»Und? Kommt ihr mit dem U-Bahn-System zurecht, oder geht ihr lieber zu Fuß?«

»Er hier«, sagte ich und deutete auf Mick, »kommt ganz gut mit Chris zurecht.«

Nomad schob seinen Teller beiseite. Ich hatte etwas gegen ihn, weil er Haferflocken aß statt süßerer und teurerer Artikel, die man in Milch schütten konnte.

»Das würde mich wundern«, sagte Nomad gleichmütig und fragte dann nach Jack. Für das, was ich ihm über unseren Besuch bei seinem alten Freund erzählte, hatte er nur ein Kopfschütteln übrig.

»Ich bin auch etwas enttäuscht«, meinte ich. »Er hat nicht

gerade schlecht über dich geredet. Er ißt auch keine Haferflocken.«

Nomad sah uns erstmals länger an. Ein auffälliges Merkmal hatte er doch an sich. Er hatte Augen wie ein Uhu.

»Es ist ja ganz okay, wenn man ein Freak ist«, sagte er, »aber das nützt und schadet auch keinem. Man braucht da schon mehr als ein Katapult.«

»Um die Regierung zu sabotieren, ja?«

»Was meinst du?«

»Dein Assistent mit dem Helm hat uns davon erzählt. Klingt echt gefährlich.«

»Zu politisch für euch?«

»Nein, eher zu beschissen. Es ist noch blöder als eine schlechte Band.« Ich dachte, daß ich mir diesen Ton leisten konnte, weil ich jünger war. Mick hielt sich völlig raus, aber er legte wenigstens die Füße auf den Tisch.

»Ihr Hinterwäldler wollt wohl mehr erfahren? Leider habe ich weder Lust noch Zeit dazu.«

Und er bedachte uns mit einem für mich pseudorätselhaften Blick. Dieser sollte wohl bedeuten: Das Letzte, was ihr sehen werdet, wird ein greller Atomblitz sein.

Ein Gefühl der Zusammengehörigkeit wollte einfach nicht aufkommen, und so ließ uns Nomad allein im Saal zurück. Ohne direkten Gegenspieler waren wir jedoch aufgeschmissen. Ich fing aus reiner Verlegenheit wieder von Lena an, aber Mick war noch mit sich selbst beschäftigt.

Ich beobachtete träge, wie zwei Schlepper einen Riesenkahn durch die graue Elbe zogen.

Es war beunruhigend, daß ich immer nur noch dann von Lena sprach, wenn mir sonst nichts einfiel. Natürlich war sie noch ganz klar am wichtigsten, aber es war auch nicht zu leugnen, das unsere Mission irgendwie an, wie sollte ich sagen, an Reinheit verloren hatte. Trotz Benny und der siegreichen Schlacht.

Wenn wir sie nicht fanden, machten wir nichts weiter als bescheuerte Ferien. Genau das sagte ich Mick.

»Ich rufe mal zu Hause an«, fand Mick. »Ich sage ihnen, daß wir in Südfrankreich auf dieser wandernden Düne sitzen.«

»Das stimmt überhaupt.« Ich ging an den Kühlschrank und machte mir ein fades Brot. Nicht viel später stürmte Chris gutgelaunt in den Saal und verwirrte mich mit einem einfachen »Hallo«.

»Wie bitte?« fragte ich nach und zog mich an den Tisch zurück. Sie ging auch an den Kühlschrank und bückte sich, um eine Wasserflasche zu greifen. Ich sah nur, wie sie sich für Mick in Position brachte.

»Wo ist denn Mick?« wollte sie von mir wissen.

»Telefonieren.«

»Mama anrufen? Sie setzte sich zu mir. Ich war voller Angst und Hoffnung, ihren Fuß demnächst auf meinem zu spüren, aber nichts geschah.

»Nee«, sagte ich, »keine Ahnung.« Und da kam er auch schon. Er grüßte Chris überaus scheu und ließ sich von ihr Tabak und Blättchen geben. Da ich eh nicht glaubte, daß er in meiner Gegenwart einen sinnvollen Satz herausbringen würde, verschwand ich lieber.

Ich holte mir Lenas Foto und verließ das Haus. Es war noch immer nicht richtig hell draußen. Ich setzte mich auf die ausrangierte Couch, die auf der Elbseite des Hauses aufgestellt war und verfluchte diesen Tag, weil er einfach nicht beginnen wollte.

Ich bemitleidete Benny, vergaß aber auch mich selbst nicht. Das nächste Schuljahr im unteren Jahrgang würde die Hölle sein. Dann vertiefte ich mich in Lenas Bild. Mir war bisher nicht aufgefallen, daß sie lächelte. Oder das Foto hatte sich verwandelt. Wie war ich nur auf die Idee gekommen, daß sie in der schlimmsten Gosse gelandet war, die die Welt zu bieten hatte? Sie lächelte doch, sogar diebisch. So als hätte sie am eigenen Leib erfahren, daß die Keine-Grenzen-Theorie stimmte und das Geheimnis aller Dinge war. So als wäre alles ganz einfach.

Ich nahm mir vor, dieses Bild von nun an jeden Tag und

jede Nacht auf Veränderungen hin zu untersuchen und kam im ersten Augenblick gar nicht auf die Idee, daß ich womöglich zuviel von einem Foto erwartete, auch wenn es so ein besonderes war wie dieses.

Am Abend hatten Mick und ich eine Unterhaltung mit Nomad, die nicht freundlicher verlief als die erste, aber er ließ uns weiter hier wohnen, solange wir Lena suchten. Dafür hatte er bei allem Pragmatismus irgendwie Verständnis. Er war sogar bereit, uns zu helfen.

Als erstes wollte er das Einwohnermeldeamt abfragen, aber nicht von uns gestört werden. Mick schlug vor, auch die Polizeiakten einzusehen. Nomad nickte und zog sich mit Axel zurück.

Ich grinste sie an und hoffte, daß sie es nicht falsch auffaßten. Vielleicht waren die beiden ja doch ein brauchbarer Geheimbund, über den es nichts zu lachen gab.

Ich merkte schnell, wie überflüssig ich selbst in der Maschinerie wurde, zumal Mick Tag und Nacht mit Chris zusammen war. Deshalb begann ich, die Stadt abzulaufen und zog im Laufe der nächsten drei Tage immer größere Kreise. Alles war auf den glücklichen Zufall abgestimmt, aber ich wollte ja nicht an Zufall glauben, sondern an meinen Instinkt, der mich wie ein unsichtbarer wissender Freund zu ihr führen sollte. Ich wollte an Telepathie glauben.

In dieser Nacht pilgerte ich durch diverse Kneipen und landete zuletzt im Molotow. Hier waren die Leute nur unwesentlich älter als ich. Ich mochte diese Leute und fühlte mich ihnen verbunden, aber ich stieß immer nur auf in sich abgeschlossene Gruppen. Ich wollte angesprochen werden und sagen, daß ich in der Hafenstraße wohnte, aber niemand sagte etwas zu mir.

Am Ende hatte ich nur sehr viel getrunken und kehrte auf Umwegen zurück.

Ich erwachte dennoch ziemlich früh und betrachtete ihr Foto. Lächelte sie? Ich verließ das Haus.

In der City bewegten sich Menschen aller Art in alle Richtungen. Die meisten gingen schnell und zielsicher. Ich hatte den Eindruck, daß ich mehr und mehr zu einem Geist wurde, der in einer Zwischenwelt hängengeblieben war. Ich sah sie alle, wurde aber nicht gesehen. Außerdem beunruhigte es mich, daß es überhaupt keine Rolle spielte, in welche Richtung ich weiterging.

War das etwa Freiheit? Ich konnte jeden Weg einschlagen, ohne daß es Konsequenzen haben würde. Ich wurde nervös und geriet am späten Abend ins endgültige Abseits.

Am dritten Abend irrte ich durch die dunkle Speicherstadt und ließ mich von streunenden Ratten irre machen. Menschen gab es hier nicht. Im Morgengrauen schlug ich mein Lager im Saal auf. Ich träumte von einer Zukunft, in der mit erschreckender Sicherheit nichts geschah.


Nomad und Axel hatten derweil das Einwohnmeldeamt geknackt, aber die angegebene Adresse kannten wir bereits. Die Polizei war ein härterer Brocken.

Der technologisch ausgerichtete Geheimbund arbeitete auf Hochtouren. Wir verstanden nicht, was genau sie dort machten, stellten ungeduldige Fragen und wurden hinausgeschickt. Ich fragte Mick, ob er sein kleines Trauma überwunden hatte.

»Hab ich völlig vergessen«, sagte er leichthin. »Chris ist unheimlich cool.« Er nickte bekräftigend.

Nur wenig später kam Axel zu uns. »Wir sind drin.«

»Ihr habt sie? Vor Aufregung gab ich Axel einen Klaps auf den Helm, und wir stürmten an ihm vorbei. Auf dem größten Monitor wurde Zentimeter für Zentimeter ein Bild von Lena sichtbar. Sie war es, und sie lächelte nicht.

»Eure Angebetete ist vermerkt«, stellte Nomad anerkennend fest. »Na, mal sehen.«

Es war, als hätte ich einen elektrischen Schlag bekommen. Jedes Haar an meinem Körper richtete sich auf. Ich war nur noch ein Gefäß, in dem hochexplosive Flüssigkeiten übereinanderschwappten.

Es folgten die Daten zur Person. Wie es aussah, war auch den Bullen nur ihr abgelegter Wohnort bekannt. Dort hatten wir die müden Studenten getroffen. Dann schloß sich die Liste ihrer Straftaten an.

Lena hatte verschiedene Männer diskriminiert und gequält und war der schweren Nötigung bezichtigt worden. Sie wurde angeklagt und für drei Monate in den Jugendknast gesteckt. Das Ganze hatte sich vor knapp zwei Jahren abgespielt.

Lena hatte zudringliche Verehrer betäubt, völlig entkleidet und an öffentlichen Plätzen angekettet, wo sie dann am Morgen gefunden wurden.

Rudolf T., Inhaber einer Galerie für politische Kunst schnitt dabei noch am schlechtesten ab. Ihn hatte sie mit Superkleber direkt an einer Polizeiwache im Bezirk Altona befestigt und mit einem Pappschild versehen, auf dem stand: I shot the sheriff.

Mick und ich waren begeistert, aber Nomad und Axel sagten dazu nichts.

»Sieht nicht so aus, als würde euch das weiterhelfen, oder? Naja, ich werde die Akte löschen.«

»Ja, mach.« Natürlich mußte man auch Nomad einen gewissen Respekt zollen. Er hatte Zugriff auf die Schaltzentralen der Macht. Er konnte sich mit diesem Dimensionsbrecher möglicherweise an den Mittelpunkt des Weltgeschehens katapultieren. Vielleicht sollte man doch mal überprüfen, ob nicht alle großen Anarchisten am 23. irgendeines Monats zu Tode gekommen waren.

»Es ist das Elend der neunziger Jahre, daß jeder Mensch mit Potential seinen individuellen Trip reiten muß«, beschwerte sich Nomad. »Die einen versumpfen in Drogen, die anderen hauen ab in die Wüste, und noch wieder andere werden ein bißchen kriminell. Alle privatisieren und wissen nicht mal was voneinander.«

Wir hatten ihm zugehört. Ich mochte ihn aber trotz allem nicht, auch wenn er vielleicht recht hatte. Er gehörte zu den Menschen, die fanden, daß es zuviele Spielarten von Musik gab und zuviele verstreute Freaks. Ich wußte aber auch, daß ich ihm Unrecht tat. Er war eine große Hilfe, und das sagte ich ihm auch.

Mick und ich kehrten in den Saal zurück und berieten uns. Tatsächlich stand es um unsere Suche nicht besser als gestern, aber ein Blick auf den Hafen genügte, um zu wissen, was wir jetzt tun mußten. Es war bisher die einzige Chance auf eine Spur. Wir mußten noch einmal zu Hester.

# Strudel

*Despite all my rage*
*I´m still just a rat in a cage*
*Then someone will say*
*what is lost can never be saved*
Smashing Pumpkins

Wir sahen auf unsere Fußspitzen oder hinaus auf die schwarze Elbe, während wir die Frauen und Mädchen passierten. Es wäre schlimm gewesen, wenn eine von ihnen uns angesprochen hätte, aber das geschah nicht. Sie interessierten sich nicht im mindesten für uns.

Manchmal fixierten wir auch die Fahrer und ließen nur allzu gern einen gewissen Groll in uns aufsteigen. Es gab noch viel Arbeit für Lena. Was Nomad über mangelnde Kooperation gesagt hatte stimmte haargenau.

Wir sahen, daß Hester mit einem Freier verhandelte, der aus seinem kleinen Opel Corsa ausgestiegen war, und fächerten leicht auseinander.

Es bedurfte keiner mündlichen Abstimmung. Mick umging das Fahrzeug, während ich direkt auf Hester und den Mann zusteuerte. Es kam mir vor, als wäre ich Ausgangspunkt einer Kamerafahrt aus dem Blickwinkel des noch nie gezeigten Killers. Ich fühlte mich gut.

Ich wurde mit jedem Schritt größer und ging ganz ruhig.

Endlich drehte Hester ihren Kopf in meine Richtung, schloß die Augen, öffnete sie wieder, doch ich war kein Trugbild. »Hast du Schwierigkeiten mit dem da?« fragte ich scharf.

Der Mann musterte mich fragend und auch etwas ängstlich, wie ich fand. Er war auch nicht besonders groß. Er paßte in den Kleinwagen.

»Nein, verzieht euch«, zischte Hester. Der Mann wollte zu seinem Corsa zurück, aber Mick stand längst hinter ihm und versperrte ihm den Weg. Ich legte ihm beide Hände auf die Schultern.

Er gehörte definitiv zu einer völlig fremdartigen Generation, die im Niemandsland zwischen uns und unseren Eltern stand. Ich verachtete dieses Exemplar zutiefst und genoß das neue Gefühl, das mich mit ungeahnter Reinheit vollkommen in Besitz nahm. Ich mußte den bösen Blick gar nicht erst üben.

»Was wollt ihr? Ich hab sie nicht gesehen.« Hester war genervt. Es vergingen einige stille Sekunden, bevor Mick den Mann in meine Richtung schubste. Ich stieß ihn zurück, und das Spiel wiederholte sich. Hester rührte sich nicht.

Dann schlug ich ihm mit der flachen Hand ins Gesicht. Ich tat es vorsichtig, noch ohne den Willen, ihm wirklich wehzutun, doch das klatschende Geräusch infizierte Mick mit Entschlossenheit.

Der Mann taumelte gegen seinen Wagen, und wir setzten nach. Er blutete aus der Nase. Noch waren wir nicht so weit, daß wir auf ihn eintraten. Er hoffte darauf und warf sich auf den Boden. Wie rissen ihn wieder hoch.

Autos aller Klassen fuhren an uns vorbei, ohne zu halten. Irgendwann ließen wir den stöhnenden Mann liegen und umschlichen ihn. Er simulierte schamlos. Noch war genug Haß in uns, so daß die letzte Phase, die ein hohes Maß an Niedertracht erforderte, eigentlich nicht ausbleiben konnte. Noch wagte niemand den ersten Tritt.

Ich ging einen Schritt vor, nur so zum Schein, und weil ich wissen wollte, was Mick tun würde. Hester hielt mich am Arm zurück. »Haut ab. Schnell.« Sie sprach beschwörend. Ich sah sie an und dann Mick, der im Scheinwerferlicht eines Wagens stand, der auf uns zurollte.

Wir liefen aber nicht weg, sondern starrten wie hypnotisiert in das Licht. Es war der weiße Mercedes, den wir von unserer ersten Begegnung mit Hester kannten.

Der Wagen stoppte direkt vor uns, und das Licht ging aus. Wir suchten die Gesichter hinter der Scheibe, aber die war getönt. Dann wurden drei der vier Türen geöffnet.

Vorne stiegen zwei fleischige, kurzgeschorene Männer aus. Sie waren über uns, bevor wir unsere unsichtbaren Fesseln abgelegt hatten. Ich sah noch, wie Mick zu Boden ging, dann wühlte sich eine große Faust in meinen Magen. Ich wurde in die Luft gehoben, als hätte mich ein Wirbelsturm erfaßt. Dann lag ich zusammengekrümmt da wie ein Fötus und konnte sehr lange nicht atmen.

Ich sah bloß zu, wie Hesters Freier sich aufrappelte und unbehelligt in seinen Corsa stieg. Vielleicht war es das erste Mal in seinem Leben, daß er mit quietschenden Reifen anfuhr.

Die beiden Schläger traten zurück und bildeten eine Gasse, durch die der dritte Mann schritt. Er blieb zwischen mir und Mick stehen und zündete sich eine Zigarette an. Es war der vampirhafte Typ, dem wir schon begegnet waren.

»Es tut mir wirklich leid, aber das war etwas, daß ich meinen Freunden hier schon zugestehen mußte. Das seht ihr ein, nicht wahr?« Er sprach mit milder Stimme und dabei so eindringlich, daß ich am liebsten zugestimmt hätte.

Er ging zu Hester und strich ihr mit dem Handrücken über die Wange. »Und dir geht es sonst gut, Kleines?«

Hester war kreideweiß im Gesicht, aber nicht so bleich wie er. Jedoch sah der Mann deswegen nicht krank aus. Ich fixierte ihn aus meiner unglücklichen Lage heraus. Mein Atem ging noch immer stoßweise, aber immer kontinuierlicher. Mick lag ein paar Meter von mir entfernt auf dem Asphalt.

Die beiden Leibwächter verharrten regungslos und sahen stur auf ihr jeweiliges Opfer herab.

Der bleiche Mann ließ uns Zeit. Er verfolgte unsere Regeneration, mit den aufmunternden Blicken eines Fußballtrainers, der seine Jungs wohlwissend an die Grenzen ihrer Belastbarkeit geführt hatte.

Ich war zu schwach für Haßgefühle und wollte ihm so gerne vertrauen, doch seine Blicke kühlten aus, als wir endlich wieder auf unseren Füßen standen.

Es war schwer, sein Alter zu schätzen. Er sah aus wie ein Mann Ende zwanzig, der zu schnell gealtert war. Ohne die beiden Leibwächter, die in jeder seiner Gesten einen Befehl sahen, hätte man ihn für einen Melancholiker halten können, oder für den letzten Sproß einer ausgestorbenen Adelsfamilie, die ihm nichts hinterlassen hatte, außer dem Glauben, von Geburt an besser zu sein.

Aber ich wußte auch, daß er ein Schwein war, und davor fürchtete ich mich. Mick dagegen sah wütend aus. Auch davor fürchtete ich mich. Wir waren Schuljungen und mußten nun exakt danach aussehen. Ich hoffte stark, daß Mick sich darüber auch im klaren war, aber umsonst. Er spuckte auf den Boden.

»Also? Seid ihr Freunde von meiner kleinen Hester?«

»Wir sind eine Generation«, fauchte Mick. Sowas Ähnliches hatte er an diesem Ort schonmal gesagt. Hester wußte eine bessere Antwort. »Laß sie. Das sind nur Schuljungen, denen ich irgendwie leid tue. Und jetzt spielen sie Ritter.«

Es hätte nichts genutzt, wenn ich im Alleingang zugestimmt hätte. Mick machte nicht den Anfang, und so tat ich es auch nicht.

»Ich verstehe.« Der Mann sagte es so, als hätte er wirklich ein Einsehen. Jetzt nickte ich, doch es war ganz umsonst.

»Ihr wollt also ein unschuldiges Mädchen beschützen. Eure Schwester im weitesten Sinne. Aber so unschuldig ist sie nicht. Und Schutz gebe ich ihr. Demnach bin ich wohl der Ritter, oder etwa nicht?« Der Mann lächelte uns zu. »Was bin ich denn in euren Augen? Das interessiert mich tatsächlich, und ich möchte, daß ihr euch bei der Beantwortung meiner Frage

Mühe gebt, denn ich werde euch danach beurteilen. Ihr seid jetzt sechzehn, siebzehn? Ihr seht die Welt in vielen Farben, nicht wahr? Aber ihr seht immer nur eine Farbe zur Zeit. Und ich bin dann wohl der schwarze Mann?«

Die Frage war, zu was er uns verurteilen würde. Ich sah Mick an, der von einem Fuß auf den anderen trat, und ich sah Hester an, die ganz offensichtlich besorgt war.

»Wir sind keine Ritter«, sagte ich, »und Sie auch nicht.«

»Es interessiert mich nicht, zu wissen, was ich nicht bin.« Er sprach noch immer mit milder Stimme.

Mein Kopf füllte sich gegen meinen Willen mit Filmzitaten. Ein cooler Spruch nach dem anderen leuchtete gebieterisch vor meinem inneren Auge auf, und es wurde immer unmöglicher, sie alle wegzuwischen.

Vielleicht lag es daran, daß ich diese Wirklichkeit, in die es mich verschlagen hatte, einfach nicht anerkennen wollte. Aber es war so wirklich wie mein Sitzenbleiben in der Schule, wenn nicht sogar wirklicher. Und ich hatte noch immer große Schmerzen.

Meine Furcht und die Armee meiner Filmhelden formten allmählich den Satz: Sie sind ein Monster. Dieser Satz ging einen langen Weg, und als er sich gerade an die Oberfläche gekämpft hatte, kam Mick mir zuvor.

»Sie sind ein Scheißtyp«, sagte er.

Der Leibwächter hinter ihm führte eine schnelle Handbewegung aus, und im nächsten Augenblick wand sich Mick wie eine Schlange auf dem Asphalt.

Ich wollte zu ihm, aber der andere riß mich an den Haaren zurück. Ich machte keinen weiteren Versuch.

Unser Gegenüber setzte eine gequälte Miene auf, aber nur sehr kurz. Er sagte den nächsten Satz so ruhig wie alle vorherigen Sätze, nur nicht mehr in einem milden Tonfall. Er sah mich an und deutete auf Mick.

»Ich könnte deinen Freund hier zwingen, dir einen runterzuholen.«

Das war mit Sicherheit die schwärzeste Vorstellung, die ich

vom Leben hatte. Ich sah zu, wie Mick hochgerissen wurde. Er schwankte vor und zurück, hielt sich aber auf den Beinen.

Ich schloß meine Augen und sah ihn vor mir durch den Wald unserer Kindheit laufen. Wir liefen dem Abendrot entgegen.

»Na los«, sagte der Mann, »geh zu deinem Freund.«

Mick wankte schwerfällig in meine Richtung. Sein Blick war der eines Betrunkenen. Auf halber Strecke blieb er stehen. Der auf ihn abgerichtete Leibwächter wollte ihn erneut bestrafen, aber sein Boß stoppte ihn mit einem Kopfschütteln.

Hester faßte unseren übermächtigen Peiniger am Arm. »Mario«, bat sie für uns, »hör auf damit.«

»Sollte ich? Es fängt aber an, mich wirklich zu interessieren.« Er strich Hester ein zweites Mal über die Wange. »Du scheinst die beiden ja sehr zu mögen. Willst du es ihnen machen? Magst du sie mehr als mich? Dabei war ich wie dein Vater zu dir.« Der Mann, Mario, sah erstmals unverfälscht bösartig aus. Hester ließ seinen Arm los. Es schien, als würde sie weglaufen wollen, aber sie fing sich wieder.

»Sie nerven mich. Gib ihnen einen Tritt und dann schick sie nach Hause zu Mama.«

»Tja, ich weiß ja nicht, ob die Jungs das so haben wollen. Wollt ihr zu Mama?«

Wir standen da und sagten nichts. Mario atmete gelangweilt aus, dann zeigte er auf Mick.

»Du! Hau ihm in die Fresse!«

Mick zögerte. Er bekam einen Stoß und näherte sich mir langsam. Schließlich stand er vor mir. Wir sahen uns an.

»Mach!«

Er schlug mich halbherzig. Ich ging zu Boden, weil ich es für klüger hielt. Mario seufzte resigniert. »Steh wieder auf«, verlangte er. Mir war nichts geschehen, darüber konnte ich nicht hinwegtäuschen.

»Du tust ihm wirklich keinen Gefallen damit.« Mario sprach wie ein Lehrer zu einem, der jemanden abschreiben ließ.

Mick wurde zur Seite gestoßen. Vor mir türmte sich der zweite Leibwächter auf, der bislang kaum in Erscheinung getreten war. Er traf mich, und ich wußte nicht, ob mit Faust oder Ellenbogen. Ich schlug mit dem Hinterkopf auf und sah Sterne, die nicht dem nächtlichen Himmel angehörten.

Als ich meine Umgebung wieder wahrnehmen konnte, war Micks Gesicht dicht über meinem. Er legte seine Hand unter meinen Kopf. Ich konnte es sogar für einen Augenblick genießen, dann merkte ich, daß mein Mund voller Blut war. Ich schluckte es hinunter. Vielleicht hatte ich mir auf die Zunge gebissen. Ich bewegte das rohe Stück Fleisch und ließ es für meine Zähne gleiten. Etwas stimmte nicht. Meine beiden Vorderzähne, das Gesündeste, was ich zu bieten hatte, waren abgebrochen.

Diese Erkenntnis versetzte mich in einen fast unverhältnismäßigen Schrecken. Ich wollte nie wieder aufstehen. Ich war gezeichnet. Ich wollte eine Schrotflinte. Ich stöhnte auf und ließ meinen schweren Kopf in Micks Händen ruhen. Ich hörte Hesters Stimme aus dem Off.

Sie stritt mit Mario. Dann war da ein klatschendes Geräusch. Ich zählte die Autos, die an uns vorbeirollten. Nach dem vierten wurde ich mit einem Ruck auf die Füße gestellt.

Endlich verdrängte mein längst überfälliger Haß die lausige Furcht, die sich überall in mir eingenistet hatte. Aber ich war noch zu erledigt für irgendwelche Dummheiten.

Mick war das nicht. Er nannte Mario einen Wichser. Der schüttelte traurig den Kopf.

»Ich kann doch nicht jede Unverschämtheit mit eurem schwierigen Alter entschuldigen. Aber wir werden noch Zeit haben, uns zu unterhalten. Schafft sie in den Wagen, wir fahren ein Stück durch die Welt.«

Bevor ich in die Limousine gesteckt wurde, atmete ich noch einmal tief ein, so als nahm ich an, niemals wieder klare Luft schmecken zu können. Dann schlossen sich die Türen. Es war warm und roch nach Leder. Hester blieb an ihrem Platz.

Mick und ich saßen links und rechts des Leibwächters, der

meine Zähne zerbrochen hatte. Mario war der Beifahrer. Der weiße Mercedes setzte sich geräuschlos in Bewegung. Ebenso drang kein Geräusch von außen zu uns, obwohl die Stadt in ihrem allabendlichen Aufruhr war. Dieser Wagen riegelte uns ab. Wir fragten, wohin man uns bringen würde und erhielten keine Antwort.

Mario gab seinem Fahrer die Richtung an, ansonsten sagte niemand ein Wort. Wir verließen St. Pauli, durchquerten Altona und gelangten nach Othmarschen. Mario ließ direkt vor dem großen Krankenhauskomplex Halt machen und wandte sich dem Fahrer zu.

»Einer der beiden reicht mir. Du darfst dir einen aussuchen, aber sei nicht zu hart zu ihm.«

Der Fahrer stieg aus und zog Mick aus dem Wagen. Mick schrie, doch als die Tür wieder zuschlug, war er kaum noch zu hören. Ich schrie Mario an, der in eine ganz andere Richtung schaute, während Mick im Licht der Straßenlampen zusammengeschlagen wurde. Es ging alles sehr schnell. Vielleicht war eine Minute vergangen, dann saß der Fahrer wieder am Steuer, und wir fuhren ab.

»Dein Freund wird gut versorgt werden«, meinte Mario. Er beobachtete mich durch den Rückspiegel. Ich keuchte noch immer leicht.

»Du willst jetzt sicher Rache nehmen, nicht wahr? Vielleicht erlaube ich dir nachher, den Mercedesstern abzutreten. Das wär doch was, oder? Das ist doch sicher ein Symbol, das du haßt. Das satte Bürgertum, was?« Er grinste. »Aber ich kenne diese Leute besser als du. Ich lebe von ihnen. Ich kenne ihre wirklich dunklen Seiten, und ich sage dir, sie können einfach nicht genug davon kriegen. Sie werden niemals satt.«

Wir fuhren den Weg zurück, den wir gekommen waren. Mick lag jetzt sicher schon im Krankenbett.

»Ich will wissen, wie schwer mein Freund verletzt ist.«

»Keine Sorge, mein Freund hier versteht sein Handwerk.«

»Und was ist mit mir?«

»Du? Du wirst heute Nacht sehr viel lernen. Du wirst ein

anderer sein.« Mario lehnte sich zurück, und ich tat es ihm nach. Wir bogen von der Reeperbahn in die Talstraße ab und parkten dort. Ich schmeckte kein Blut mehr.

Die Leibwächter nahmen mich in die Mitte. Kaum hundert Meter von uns entfernt, floß der Strom der Menschen. Ich dachte an ein Untertauchen in der Menge, aber dabei blieb es auch. Stattdessen ließ ich mich in einen Hinterhof schieben. Mario schloß eine Tür auf, und wir betraten ein Haus, dessen Rückseite wohl vergessen worden war. Es sah mehr als schäbig aus.

Der Flur roch nach chemischen Reinigungsmitteln. Als Mario einen Vorhang beiseiteschob, bot sich mir ein Anblick, den ich aus Tatortfilmen kannte, die im Milieu spielten.

Das Licht war rot und gedämpft, und überall gab es verschwiegene Ecken, in denen noch größtenteil unbesetzte Plüschsofas standen. Bloß zwei betrunkene Männer alberten mit zwei leicht gekleideten Frauen herum. Wir gingen an die Bar. Dort saßen drei weitere Frauen, die Mario an das Ende der Theke scheuchte. Auch die beiden Leibwächter rückten von uns ab.

Die Barfrau stellte uns eine Flasche Whisky und zwei Gläser hin. Mario füllte mein Glas bis zum Rand. Ich trank es leer und mühte mich, keine Grimasse zu schneiden. Ich wurde mutiger.

»Dein Laden? Gefällt mir aber nicht.«

»Wichtig ist nur, was mir gefällt.« Er füllte mein Glas auf. »Ihr wolltet also nicht, daß dieser arme Wurm von vorhin Hester fickt?«

Weil ich nicht wußte, was ich darauf antworten sollte, nahm ich einen weiteren Schluck.

»Ich frage mich, warum. Es hätte ihr weitergeholfen.«

Ich verengte ganz bewußt meine Augen. »Es hätte wohl eher dir weitergeholfen.«

»Oh, bitte laß das.« Er leerte sein Glas.

Ich sagte ganz wahrheitsgemäß, daß wir ein Mädchen von früher suchten. Ich wußte nicht, warum ich das tat. Vielleicht hoffte ich, daß er mich doch einfach gehen ließ, daß er gerührt war. Ausgerechnet dieser Bastard. Ich fand mich feige.

»Sag mir ihren Namen. Vielleicht kenne ich sie besser als du.«

»Sie hätte dich längst umgebracht.«

»Ach ja? Weil ich ihr die Unschuld nehme? Die vergeht ganz von selbst. Das ist der Alptraum, der dich von der Kindheit trennt. Oder willst du für immer ein Kind sein?«

Das ärgerte mich natürlich. Ich hatte mich schon als Kind nicht als solches gesehen.

»Ich muß pissen«, sagte ich. Einer der Leibwächter begleitete mich bis zur Tür. Ich pinkelte und betrachtete mich im Spiegel. Ich zeigte mir die Zähne. Ich sah wie ein Monster aus.

Natürlich konnte ich sie reparieren lassen, aber mit der Unversehrtheit war ein für allemal Schluß. Ich sah zum Fenster hin und sah, daß ich nicht hindurchpassen würde.

Ich kehrte zurück an die Bar und trank das zweite Glas leer. »Wie konnte es passieren, daß du so ein Schwein bist?«

Ich wollte mit dieser Frage wieder auf normale Größe wachsen, aber vielleicht, dachte ich gleichzeitig, war es nur eine neue Methode, ihn für mich einzunehmen.

Mario lächelte und schenkte uns erneut ein. »Ich bin katholisch«, erklärte er mir. »Als Kind betete und beichtete ich viel, aber es hatte keine reinigende Kraft. Sünden im religiösen Sinne entstehen aus einem Haß auf die Welt. Ich wollte die Welt. Tja, Unschuld dagegen kann wie die Hölle sein.«

Ich haßte auch nicht. Meine Zunge fuhr über meine angeschlagenen Schneidezähne, während ich ihm zuhörte. Und ich trank weiter meinen Whisky.

»Später wurde ich dann sogar Kommunionshelfer«, sagte er. »Gleichzeitig wuchs meine Schwanz. Ich stopfte diesen Küken Hostien in die Münder. Sie waren absolut unschuldig, so schneeweiß. Bis auf ihre Münder. Unschuld verdient keinen Respekt. Ich stellte mir vieles vor. Ich nahm immer etwas von dem Geld, das die Leute in den Klingelbeutel warfen und ging zu ein paar Nutten. Die hatten mir vieles voraus. Schließlich zog ich eines der blütenreinen Mädchen hinter die Orgel. Ich veränderte sie. Als ich sie wiedertraf, sah sie fast gefährlich aus.«

Ich bemühte mich um ein Zeichen des Widerwillens und verzog das Gesicht. Mir war mittlerweile ein wenig schwindelig.

Einige Männer waren in die Bar gekommen. Fette Männer. Sie wurden in die Sitzecken geleitet. Mario kümmerte sich nicht darum. Er sprach weiter.

»Ich finde, daß ich euch Jungs durchaus einen Gefallen getan habe. Willst mich immer noch umbringen?«

»Klar will ich.« Ich war betrunken. Ich zögerte nicht mit der Antwort. Mario grinste mich an.

»Aber du kannst nicht. Du bist nur ein netter Junge, auch wenn du wütend bist. Ich müßte dich verändern.«

Ich hatte mir schon gedacht, daß es auf irgendeine Lektion hinauslief, aber eine Lektion hieß, daß ich hier wieder rauskam, und vielleicht hatte ich etwas, daß er wollte.

Ich ging noch einmal pinkeln. Die Plüschsofas waren jetzt alle besetzt. Ich preßte meine Lippen zusammen und schritt voller Mißachtung an diesen Leuten vorbei. Mit dem gleichen Gefühl kehrte ich zu Mario zurück. Ich hatte nicht in den Spiegel gesehen. Sein Grinsen brach meinen Anflug von Stärke. Und was würde geschehen, wenn ich nicht mehr weitertrinken wollte? Wenn ich ihn langweilte, konnte er mich jederzeit verschwinden lassen. Er konnte befehlen, meine Füße in Beton zu gießen und mich von der Köhlbrandbrücke werfen lassen.

Ich wußte nicht mehr, ob ich den Augenkontakt suchen sollte. Ich durfte nichts übertreiben, mußte ihm aber auch etwas bieten.

»Also, du willst mich verändern. Und wie? Meine Zähne hast du mir ja schon zerstört. Was jetzt?«

»Ich impfe dich mit Schuld«, versprach er. »Ich werde dir also etwas geben. Und dann paß auf, in wievielen Farben du die Welt sehen wirst.«

Er winkte eine südländisch aussehende Frau zu uns. Diese Frau sah mich an, schnalzte mit der Zunge und ging dann zu Mario, der ihr viel Geld gab. Es waren einige Hunderter.

»Das hier ist Papatia«, sagte er zu mir. »Sie ist aus Griechenland. Du wirst dich ein bißchen mit ihr amüsieren, und dann komme ich dazu, und du wirst sie auspeitschen.«

Er sah sehr ernst aus. Ich ließ meinen Mund offenstehen. Ich dachte nicht mehr an den Anblick, den ich mit meinen Stumpen bot. Papatia sah ebenfalls sehr ernst aus.

»Bis später«, sagte Mario und schnippte mit dem Finger.

Papatia hakte sich bei mir ein und zog mich fort. Während wir gingen, sah sie immer geradeaus. Ihr Parfüm war unerträglich süß und schwer. Es setzte sich überall in meiner Kleidung und auf meiner Haut fest. Sie schob den Vorhang beiseite und ließ mich los.

Ich stürzte zur Hintertür, aber sie war abgeschlossen. Papatia stand schon auf der Treppe.

»No«, sagte sie. Ich folgte ihr hinauf.

Wir betraten das für uns vorgesehene Zimmer. Es sah aus wie das Schlafzimmer meiner Eltern, wie es in den siebziger Jahren war. Auf dem Bett lag ein Handtuch. Papatia zog sich aus, während ich aus dem Fenster starrte. Aber dann sah ich sie mir doch an.

»Du hast dein Geld schon bekommen. Du mußt gar nichts mehr machen.« Meine Stimme sollte fest klingen, aber es war doch eher ein Flehen.

»Du willst nicht?«

»Nein, nicht so.« Ich zeigte auf das Fenster. »Ich will da raus. Laß mich da raus!«

»No, du weißt doch, was er will.«

»Aber da kannst du doch nicht mitmachen wollen!?«

»No. Aber du weißt nicht, was er mit mir macht, wenn ich nicht mitmache, no. Wenn du fliehst, schrei ich.«

Ich zuckte nervös hin und her. »Dann sag hinterher, daß ich dich irgendwie gezwungen habe. Gib mir dein Geld, oder versteck es irgendwo. Dann glaubt er dir.«

Ich war fast schon begeistert von meiner Idee, aber Papatia sagte nur wieder »No«.

»Er ist kein Idiot. Hast du das noch nicht gemerkt?« Wir schwiegen uns einige Sekunden an, dann sagte sie: »Du mußt mich wirklich zwingen.«

»Wie bitte? Ich soll... wie stellst du dir denn das vor?«

Papatia stand auf, ließ das Geld irgendwie in ihrem Schuh verschwinden und blieb vor mir stehen. Sie nahm meine Hand und formte sie zu einer Faust. Dann streckte sie mir ihr Kinn entgegen.

»Hier«, sagte sie, »da tut es nicht so weh. Ich werde schlafen und einen blauen Fleck haben. Kannst du das?«

Ich hatte Karate gemacht. Deshalb nickte ich, aber nur um gleich wieder den Kopf zu schütteln. Ich sollte eine Frau schlagen, die wahrscheinlich sehr oft geschlagen wurde.

»Das ist doch total verrückt.« Aber genau betrachtet war es das nicht. Es war sogar sehr vernünftig.

»Stell dich wenigstens so, daß du aufs Bett fällst.« Ich nahm Maß. Zweimal stoppte ich den Schlag und zog meine schon verkrampfende Faust wieder zurück. »Ich kann nicht.«

»Du mußt«, drängte sie, »oder ich schreie.«

War das alles denn meine Schuld? Ich schloß die Augen. »Los«, zischte sie.

Meine Faust schoß vor, ohne daß ich ihr wissentlich den Befehl dazu gab, so als handele es sich nur um ein nervöses Zucken. Aber sie traf den Punkt.

Ich spürte fast gar nichts, sondern hörte bloß das Klacken, das sich noch einmal wiederholte, weil Papatias Zähne gegeneinander schlugen. Sie sank wie eine Filmgeliebte mit ausgebreiteten Armen aufs Bett. Ich beugte mich über sie, strich ihr sogar mit der Schlaghand über die Wange.

»Alles in Ordnung?«

Sie stöhnte und verdrehte die Augen. Die Schwellung, um die es eigentlich ging, zeichnete sich schon ab. Soweit war wirklich alles in Ordnung. Das Alibi stand. Fast kam es mir so vor, als hätte ich alles richtig gemacht. Ich konnte nicht anders, als ihr für eine Sekunde in die offene Vagina zu sehen. Daß ich ihr nun auch noch das Geld abnehmen konnte, war bloß so ein Gedanke, und er verschwand auch so schnell wie unterschwellige Werbung für Popcorn im Kino, aber ich würde ihn sicher nicht vergessen.

Für den Augenblick jedoch zwang ich meinen verwirrten Kopf, nur an das Fenster zu denken.

Vielleicht waren es etwas mehr als drei Meter bis zum Betonboden. Nicht weit links von mir standen zwei Mülltonnen. Die visierte ich an. Ich sprang und sah zuversichtlich, daß es passen würde. Die Mülltonnen kippten und ich mit ihnen. Ich lag inmitten von Pizzaresten und benutzten Kondomen, und mein rechter Knöchel schmerzte wie wild.

Ich humpelte durch den Hinterhof und ordnete mich bald darauf in die Menschenschlange ein, die durch die Reeperbahn kroch. Als ich mich außer Sichtweite glaubte, überquerte ich die Straße.

Vor dem Molotow standen meine Altersgenossen. Sie tranken Dosenbier, rauchten und verstanden sich. Sie sahen abgerissen aus und dabei ziemlich gut. Sie sahen unschlagbar aus.

Ich verschränkte die Arme vor der Brust, sah dicht vor meine Füße, und ging durch sie hindurch.

Jemand tippte mir auf die Schulter. Ein Junge mit Nasenring lachte mich an. Er wollte eine Zigarette. Ich gab sie ihm und gab ihm auch Feuer. Ich gab auch seiner Freundin eine, und sie bedankten sich freundschaftlich. Ich wollte, daß sie mich fragten, wie es mir ginge, aber das taten sie nicht. Deshalb ging ich weiter.

Die Gesichter, die vor mir auftauchten und gleich darauf wieder verschwanden, wurden häßlicher. Daß mir das irgendwie recht war, deprimierte mich zusätzlich. Ich verfiel in einen Laufschritt und erreichte endlich die Hafenstraße.

Ich klingelte Sturm, aber niemand machte mir auf. Bis auf ein paar Dealer, die hier herumschlichen, war auch die Straße ziemlich leer. Weil ich jetzt nicht allein sein wollte, betrat ich das Onkel Otto. Es war voll und verschwitzt, und ich war hier nicht der einzige, der ruinierte Zähne hatte. Diese Leute hier waren alle über zwanzig. Sie waren gekleidet wie meine Altersgenossen vor dem Molotow, aber es stand ihnen nicht annähernd so gut.

Ich ging zur Theke und bekam fünf Biere für meine zehn Mark. Eins trank ich gleich aus, dann sah ich Chris, die mit vielen anderen Leuten zusammensaß. Ich nahm meine vier Flaschen, stellte sie auf den Tisch und setzte mich einfach zwischen sie und das Mädchen, mit dem sie redete. Die beschwerte sich, aber das war mir egal. Ich wollte ein vertrautes Gesicht sehen.

Chris sah mich entgeistert an. »Daniel, deine Zähne...«

Das hatte ich natürlich verhindern wollen, aber zu spät. Ich redete mit fast geschlossenen Mund auf sie ein. Die ganze blöde Geschichte spulte ich ab, und merkte nicht, daß noch ein halbes Dutzend Leute zuhörte. Als ich fertig war, sah Chris in die Runde.

»Hör zu, Daniel«, sagte sie. »Gleich morgen früh fahren wir zu Mick ins Krankenhaus. Hier hast du den Schlüssel. In einer Stunde komme ich nach. Ist das okay?«

»Ja, ist okay.« Endlich oben setzte ich mich in den Saal und trank im Dunkeln. Der Hafen da draußen war hell erleuchtet, und auf der anderen Seite der Elbe arbeiteten sie sogar noch wie die Ameisen. Es knirschte bis hierher. Ich starrte in die Lichter, bis sie vor meinen Augen verschwammen und überlegte, wer von den beteiligten Personen am schlechtesten abgeschnitten hatte, aber ich merkte schnell, daß ich mir selber leid genug tat. Ich, der blöde Daniel, für den über ein Jahrzehnt alles gut gelaufen war.

Der Daniel, der durch die Wälder gestreift und Lena begegnet war, und der wußte, wo er hinwollte.

Dann klingelte es endlich. Ich erwartete Chris an der Tür. Sie sah erschrocken aus.

»Und du weißt nicht, wie schwer Mick verletzt ist?«

»Nein, keine Ahnung. Mario hat gesagt, es ist wohl nicht so schlimm, aber ich weiß es nicht.«

Chris machte Licht im Saal, und wir teilten uns das letzte Bier. Wir sprachen nicht mehr viel. Manchmal versuchte sie ein aufmunterndes Lächeln, aber das wirkte einfach nicht.

»Hör zu, Chris«, sagte ich. »Ich will jetzt nicht allein sein. Kann ich gleich mit zu dir kommen?«

»Ist okay«, sagte sie »Schon gut, komm ruhig mit.«

Wir gingen ein paar Minuten später auf ihr Zimmer und zogen Socken, Pullover und Jeans aus. Ich hatte tatsächlich keine besonderen Absichten. Ich wäre auch mit zu Axel gegangen, wenn er dagewesen wäre. Trotzdem drückte ich meinen Kopf in ihren Schoß, wenn auch nur kurz. Schließlich lagen wir nebeneinander, und es ging mir schon etwas besser.

Als Chris sich zum Schlafen umdrehte, schmiegte ich mich der Länge nach an sie. Meine Erektion war nicht böse gemeint.

# Abseitig

*And now I know Jeanne D´Arc felt*
*as the flames rose to her roman nose*
*and her walkman started to melt.*
The Smiths

Mick lag mit zwei Männern zusammen, die beim Skifahren verunglückt waren und machte einen ziemlich deprimierten Eindruck. Chris küßte ihn auf den Mund.

»Wie geht´s?« fragte ich.

»Eine leichte Gehirnerschütterung und zwei gebrochene Rippen. Ich bin bald wieder draußen. Und selbst?«

»Geht so. Es war alles noch ziemlich verrückt.« Ich flüsterte ihm die ganze Geschichte zu.

»Schöne Scheiße«, gab er zu, »aber ich glaube, ich würde trotzdem mit dir tauschen.«

Ich hob die Schultern. Er faßte mich am Pullover und zog mich zu sich. »Hör zu, Daniel, ich hab denen meinen Namen gesagt. Meine Eltern wissen spätestens heute abend Bescheid. Ich sag ihnen, daß wir Krach hatten und ich zurückgefahren bin. Und dann sag ich, daß irgendwelche Typen mich zusammengeschlagen und beraubt haben. Irgendwelche Skinheads.«

Ich nickte. Das konnte durchaus so passiert sein.

»Wir müssen jetzt voll auf Nummer sicher gehen«, meinte

er. »Der Wagen muß weg, raus aus Hamburg. Ganz woanders hin. Und dann verbrenn ihn. Überall sind unsere Fingerabdrücke.«

Ich verstand. Es gefiel mir zwar nicht, aber sonst war nichts drin, das sah ich ein.

»Geht klar.« Ich tätschelte ratlos seine Schulter.

»Alles Scheiße«, sagte er und starrte zur Decke. Chris ging sehr viel unbefangener mit ihm um, weswegen ich ihr den Vortritt ließ. Überhaupt blieb ich nicht mehr lange, weil sie ihn viel besser im Alleingang aufmuntern konnte. Sie mußte ihn ja nur küssen.

Ich ließ mir den Schlüssel geben und ging zu Fuß los. Ich dachte, daß es wohl besser war, im Dunkeln zu fahren, weil man da die verräterischen Beulen nicht so gut sehen konnte. Ich streifte wie so oft ziellos herum, obwohl ich doch nur hätte zurückgehen müssen, und war immer auf der Hut vor dem weißen Mercedes. Meine Nervosität war nicht unbeträchtlich. Er war der Hai, und ich der strampelnde Schwimmer, der sich zu weit hinausgewagt hatte.

Irgendwann unterbrach ich mein Herumirren und wählte den direkten Weg zum Hafen. Allerdings kaufte ich an einer Tanke noch einen Kanister Benzin.

Nomad und Axel waren noch immer nicht da. Ich ging in den Saal und verließ ihn für lange Zeit nicht. Ich hörte Musik von Sonic Youth und rauchte dazu. Das half ein bißchen.

Später aß ich Ravioli und dachte an Marios Vorwurf an uns, daß wir die Welt immer nur in einer Farbe sahen. Alles war einfach nur trostlos, und ich saß nur da und wartete, daß sich vor meinen Augen alles verwandelte. So ging es natürlich nicht.

Deshalb legte ich einen Video ein. Es handelte sich um Mitschnitte von einer Demo, die recht dynamisch verlief. »Wir haben euch was mitgebracht: Haß! Haß! Haß!«

Aber da gab es noch andere Energiequellen. Die Leute trauten einander, und ein Gefühl der Begeisterung hielt sie zusammen.

Vielleicht hätte ich gestern nacht bei der Gruppe vor dem Molotow bleiben sollen. Vielleicht war es aber auch besser so gewesen. Über die Ablehnung einer ganzen Gruppe wäre ich sicher nicht hinweggekommen Aber ich wollte auch kein Sonderling sein wie Jack in the Green.

»Na? Politischer Einführungskurs?« Nomad und Axel standen mitten im Saal, als hätte man sie direkt hineingebeamt. Axel trug seinen Helm ganz selbstbewußt unter dem Arm. Er hatte eine Igelfrisur, wie ja auch nicht anders zu erwarten war.

»Ich wußte gar nicht, wie romantisch ihr seid.« Ich zeigte auf den Fernseher und konnte sehen, daß sie mir das übelnahmen. Ich wollte nicht, daß mir irgendjemand irgendwas übelnahm.

Bevor sie von selbst drauf kamen, zeigte ich meine Zähne und erzählte noch einmal die leidige Geschichte.

»Scheiße«, gab Nomad zu, »aber so ist das eben. Allein machen sie dich ein.«

»Und was sagt ihr dazu, daß ich die Frau geschlagen habe?«

»Ja, also ich weiß nicht. Dieser Zuhälter ist natürlich das Schwein.«

Natürlich stimmte das, aber er sagte es so einfach. Gestern nacht hatte ich diesem Typen zugehört, wie ein Schuljunge nun einmal zuhörte. »Ist er doch, oder?« Ich hoffte auf eine Aussage, die meine Beurteilung mit einschloß.

Nomad setzte sich zu mir. »Natürlich«, sagte er. »Was denn sonst? Etwa faszinierend, weil ein bißchen gebildet? Er ist kein Antichrist, sondern nur ein notwendiger Auswuchs der bürgerlichen Welt. Er lebt von Spießbürgern auf Kosten anderer. Sei mir jetzt nicht böse, aber du bist siebzehn. Du bist leicht zu beeindrucken.«

Ich sah Nomad an, der mit großen Augen dasaß. Ihm war das bisher nicht wirklich gelungen. Die blöden Haferflocken wogen irgendwie mehr als seine Ausflüge an die Zentren der Macht. Doch das sagte ich nicht, weil ich auf keinen Fall in ein Wortgefecht verwickelt werden wollte.

»Und was mach ich jetzt mit ihm?« wollte ich wissen.

»Machen? Dein Optimismus wäre an anderer Stelle nützlicher. Willst du ihm die Reifen zerstechen? Oder rohe Eier gegen sein Fenster werfen? Das ist nur ein Arschloch, wie es Millionen gibt. Das ist so, wie wenn jemand auf einer Demo aus persönlicher Betroffenheit Steine auf einen einzelnen Bullen wirft. Was soll das?«

»Lena ist auch ein einzelner Mensch, und persönliche Betroffenheit ist da wohl auch im Spiel.«

Nomad schien zu überlegen, worin der Unterschied bestand und zu keiner Lösung zu kommen. Hätte ich nur nicht mit ihm gesprochen.

»Du solltest den Wagen abstoßen und dir deine Zähne reparieren lassen.« Mit diesen Worten ging er an den Kühlschrank, holte seine Milch raus und verschwand mit Axel im Rechenzentrum.

Ich wartete auf die Dämmerung. Es wurde ein langer Tag, an dem sich niemand mehr hier blicken ließ.

Ich hatte also Zeit, mir meinen unnützen Kopf zu zerbrechen und gab mir die Schuld an allen Tiefschlägen, die mein direktes Umfeld getroffen hatten.

Heike und ich hatten Simon den Anlaß für seinen Suizid geliefert. Mein Plan hatte Tim wohl endgültig von seinem Vater entzweit, und Mick lag im Krankenhaus.

Ich hatte Lena nicht gefunden, dafür aber eine andere Frau niedergeschlagen, und Benny hatte ich vorüberziehen lassen. Er war wie immer allein in Feindesland. Von Hester ganz zu schweigen.

Ich dachte auch an Ruben, den Überflieger. Vielleicht hatte es sich ja für ihn gelohnt. Vielleicht hatte er sich freigeflogen von uns. Bald ging die blöde Schule wieder los, und bis dahin würde ich wohl neue Zähne haben, die kein echter Ersatz waren.

Ich sah fern und tat weiter nichts, bis endlich die Sonne verschwand.

Aus Furcht vor Mario und seinen Greifern umging ich die Reeperbahn. Es nieselte. Jemand, den ich nicht besonders schätzte, hatte einmal gesagt, daß Nieselregen ideal war, wenn man gerade schwer versagt hatte. Ich hielt das noch immer für Blödsinn, aber irgendwie kam es mir gerecht vor, daß es aus großer Höhe auf mich hinabregnete.

Während ich mit Schlafsachen und Benzinkanister durch die Straßen kroch, und mich still an allen Passanten vorbeischob, wußte ich, daß der Unschuldsbonus, wenn es ihn je gegeben hatte, absolut verspielt war. Und ich konnte dafür nicht allein Mario die Schuld geben. Es war einfach geschehen. Mein ganzes Leben konnte mir einfach so aus den Händen gleiten.

Das beunruhigte mich weit mehr als die Aussicht auf eine illegale Fahrt ins Ungewisse. Tatsächlich hatte ich mir den ganzen Tag keine Gedanken darüber gemacht, wohin ich überhaupt fahren sollte.

Das fiel mir jetzt erst ein, als ich vor dem Bird of Prey stand. Bird of Prey, jaja. Der Name stimmte nur noch, wenn ich mich als seinen Gefangenen sah.

Er roch auch nicht mehr so neu und nach verbotener Zone, sondern nur noch nach alten Kippen. Ich steckte mir eine weitere an und startete ihn.

Ein Streifenwagen zog an mir vorbei, als ich gerade aus der Parklücke ausscheren wollte. Meine Ausgangsposition war, was die Dichte an Bullen betraf, sicherlich nicht die günstigste.

Aber das blieb mir erspart. Ich fuhr an Micks Krankenhaus vorbei auf die A7. Durch den Tunnel verließ ich das monströse Hamburg und fühlte mich etwas besser.

Ich wurde erst wieder nervös, als ich durch ein Autobahnschild auf Buchholz aufmerksam gemacht wurde. Ich wechselte auf die A1 und ließ auch diese kleine Stadt hinter mir.

Erst jetzt begann ich, an einen möglichen Zielort zu denken. Zwischen ihm und Hamburg durfte es keine Verbindung geben.

Ich erinnerte mich, daß ich einmal vor Urzeiten mit meiner Fußballmannschaft in Bremervörde gespielt hatte. Diese Stadt lag weit entfernt von allen Autobahnen tief im toten Winkel der niedersächsischen Einöde.

Ich fuhr bei Sittensen von der A1 ab auf die Bundesstraße, die bald in einen Fichtenwald mündete. Ein Wagen war hinter mir.

Ich ließ ihn kommen, und stellte voller Unbehagen fest, daß es ein weißer Mercedes war. Er klebte an mir und blendete auf, weil ich immer langsamer wurde. Es war in etwa so wie in dem berüchtigten Traum, in dem man davonlaufen will, sich aber nur im Zeitlupentempo bewegt.

Ich verfluchte die lange Kurve, in der er mich nicht überholen konnte. Sein Licht drang in meinen Wagen wie ein Laserblitz. Ich konnte nicht sehen, ob es sein Wagen war.

Als die Straße wieder wie ein straff gespannter Faden verlief, zog er vorbei. Ich blickte in vier verärgerte Fratzen und auf die gleiche Anzahl gezückter Mittelfinger.

Es wurde schlagartig wieder dunkel, und das Umland zeigte sich mir in aller Deutlichkeit. Ringsum erstreckten sich vom Dauerregen aufgeweichte Äcker. In der Ferne waren ein paar Lichter auszumachen, die wahrscheinlich von einem Kaff herrührten, auf das ich zusteuerte. Als hätte die Welt ihren Spaß daran, mich mit allem zu verhöhnen, was ich fürchtete. Aus Trotz drückte ich das Gaspedal durch und ließ auch nicht locker, als ich die verlassene Ortschaft streifte.

Hinter dem Dorf gab es noch Restbestände von alten Buchenwäldern.

Ich sah zu spät, daß etwas zwischen den mächtigen Baumstämmen hervorkam und vor mir über die Straße huschte.

Ich bremste so heftig es ging. Der Wagen schleuderte herum, glitt von der Straße und rauschte eine Böschung hinunter. Es war mein Glück, daß ich nicht gleich auf eine dieser Buchen prallte, sondern ins Dickicht einbrach, das wie ein Fangnetz wirkte. Aber am Ende war es doch eine Buche, die den Wagen zum Stillstand brachte.

Ich lebte und lauschte minutenlang dem Regen, der auf das Dach prasselte.

Vielleicht ein Reh, dachte ich ganz nüchtern und nickte fast zuversichtlich, weil ich es wahrscheinlich nicht erwischt hatte.

Es floß an mir herunter und tropfte von meinem Kinn auf Hose und Sitz. Ich dachte erst, daß ich sabberte, aber es war natürlich Blut.

Der Rückspiegel zeigte mir, wie es um mich stand. Meine abgebrochenen Schneidezähne waren so spitz wie die Zähne eines Hais. Sie hatten meine Unterlippe zerfleischt. Wenn ich wollte, konnte ich ein großes Stück davon einfach umklappen. Ich drückte den großen Fetzen fest an den Rest der Lippe und begann zu heulen. Das tat ich eine Ewigkeit lang.

Es hörte nicht so schnell zu bluten auf, aber dafür ließ der Regen etwas nach. Ich konnte meine Beine bewegen und alles andere auch. Ich war unverletzt bis auf mein entstelltes Gesicht. Außerdem konnte ich froh sein, daß man den Wagen von der Straße aus wohl nicht sah.

Irgendwann fiel meine Lippe nicht mehr auseinander, wenn ich sie losließ. Das getrocknete Blut wirkte wie ein Klebemittel. Wenigstens mein Körper wehrte sich noch.

Weil sich die Tür nicht öffnen ließ, kurbelte ich das Fenster herunter und schob mich hindurch. Voller Hast erklomm ich die Böschung. Einmal rutschte ich dabei aus und fiel ins nasse Gras. Der Geruch beruhigte mich ein bißchen, aber das hielt nicht an.

Ich erreichte die Straße und suchte sie ab. Es war nichts zu sehen. Aber wenn es ein Reh gewesen war, konnte ich es trotzdem angefahren haben. Vielleicht lag es schwerverletzt drüben hinter den Bäumen. Vielleicht starb es einen qualvollen Tod.

Ich überquerte die Straße und drang in den Wald ein. Ich mußte sicher sein, daß dort nichts war, das mich anklagte. Oder ich wollte der Angeklagte sein.

Ich rief nach dem Reh, als wäre es ein entlaufener Hund.

Als würde es auf mich warten. Als wäre ich noch immer jemand, dem man trauen konnte. Aber ich suchte vergeblich. Der Wald hörte bald auf, und auf den angrenzenden Feldern gab es kein Leben.

Natürlich konnte ich nicht sicher sein, daß das Reh nicht doch irgendwo dort draußen im Sterben lag, aber ich gab die Suche auf und kehrte zum Wagen zurück.

Von außen ließ sich sogar die Tür öffnen. Ich holte Schlafsack, Isomatte und Benzinkanister hervor. Das Benzin vergoß ich über die Sitze, trat ein paar Schritte zurück und nahm alle Streichhölzer aus der Schachtel. Ich zündete sie alle auf einmal und warf sie in das Innere des Wagens. Die Flammen füllten es sofort aus. Ich ging noch weiter zurück und wartete, bis die Scheiben zersprangen. Ich dachte nichts bei dem Anblick, aber ich fand es faszinierend. Es war sogar mehr als das. Es gab mir neues Selbstbewußtsein, weil es einen Hauch von Professionalität hatte. Wie bei einem echten Gangster.

Doch dann entfernte ich mich ganz schnell, weil ich ein Auto kommen hörte. Ich zog mich tiefer in den Wald zurück und beobachtete von dort.

Den Schein des Feuers konnte man von der Straße aus natürlich sehen. Ich hörte Autotüren schlagen und Stimmen, die durcheinanderriefen. Ich machte wenigstens drei Männerstimmen aus und eine Frauenstimme.

Wie sich gleich darauf herausstellte, waren es vier Männer, die die Böschung heruntergestürmt kamen. Ich sah auch, daß sie alle Uniformen trugen. Das mußten Soldaten sein, die hier irgendwo stationiert waren.

Ich fluchte in mich hinein, weil ich meine Schlafsachen, beim Wagen liegengelassen hatte. Die Typen fanden sie und warfen alles in die Flammen. Das fanden sie auch noch lustig.

Auf der Böschung tauchte ein Mädchen mit hochhackigen Schuhen und Handtasche auf. Sie wollte wie versprochen nach Hause gefahren werden.

»Vielleicht machen wir das sogar«, rief einer der Typen. »Aber erstmal Mund auf und Augen zu.«

Das Mädchen verschwand, und sie lachten wieder. Einer von ihnen flüsterte etwas in die Runde, woraufhin sie umso lauter lachten.

Und gerade in dem Augenblick, als es mit ihrem Lachen vorbei war, passierte mir etwas, das ich schon als kleines Kind unverzeihlich gefunden hatte. Ich machte einen unnützen Schritt und trat auf einen Zweig, der so laut knackte, wie es für einen toten Zweig nur möglich war.

Alle Augen richteten sich genau auf den Baum, hinter dem ich stand. Ich bewegte mich nicht mehr.

»Hey, Wichser!« Die Stimme klang wie eine knarrende Tür. Ich war erstaunt über ein solches Maß an Aggression und lugte hinter dem Stamm hervor.

Die Typen fächerten auseinander und kamen auf mich zu. Ich verlor die Nerven und fing an zu rennen.

»Da ist er!« Jetzt rannten sie auch. Ich floh und erkannte damit meine Opferrolle an. Sie waren für mich mehr als die streitsüchtigen Fremden, die aus dem Schatten traten und einem ohne ersichtlichen Grund nachstellten.

Mir kamen sie tatsächlich wie ein Sonderkommando vor, das gesellschaftsuntaugliche Subjekte wie mich aus der Welt schaffen sollte. Diese Sicht der Dinge war gar nicht schlecht, weil ich somit ein Feind war, den man jagen mußte. Das war aufputschend.

Ich hatte zwar Angst, aber sie lähmte mich nicht. Die Eindeutigkeit der Situation beflügelte mich sogar. Das Leben in Deutschland war wieder gefährlich geworden.

Meine Verfolger fluchten, stolperten und glitten aus, während mir nicht ein einziger tiefhängender Zweig ins Gesicht peitschte. Ich setzte mit der Sicherheit eines gejagten Tiers über Baumstümpfe und kleinere Kuhlen hinweg und erlaubte mir sogar, einen leichten Bogen zu schlagen, nachdem ich hinter mich gesehen hatte. Der Mann am äußersten rechten Flügel würde mich nicht schneiden können. Ich lächelte, auch wenn dabei meine Lippe wieder aufplatzte. Das war mir egal. Ich mochte das Labyrinth aus Bäumen und glaubte schon, tief in meine glücklichere Vergangenheit zu laufen, da endete der Wald.

Vor mir erstreckten sich die Felder, und meine Lippe begann wieder zu schmerzen. Ich konnte nicht mehr weiter, weil ich dort ohne Schutz war, und resignierte ebenso plötzlich wie vollständig. Ich war nur ein kleiner Junge, der sich vor allem fürchtete. Weit hinter mir konnte ich die Soldaten hören, die sich pausenlos etwas zuriefen.

Was sollte ich schon tun? Ich nahm mir einen großen dikken Ast und wartete hinter dem letzten Baum des Waldes auf sie. Dann setzte der Regen wieder ein. Diesmal heftiger. Es waren schwere Tropfen, die meine Jacke nicht abhielt.

So sehr ich auch lauschte, ich hörte die Rufe meiner Verfolger nicht mehr. Ich stand nur da, bereit, auf den ersten Schatten einzuschlagen, der sich aus dem Wald löste. Aber nichts geschah. Irgendwann legte ich den Ast beiseite, zog mir die Jacke über den Kopf und hockte mich hin. Die tollwütige Bande hatte aufgegeben. Genau wie ich.


Wahrscheinlich war die Nacht noch nicht einmal richtig angebrochen, als es zu regnen aufhörte, aber ich konnte mich nicht erinnern, im wachen Zustand schon einmal so lange stillgehalten zu haben. Als ich erstmals wieder einen Fuß vor den anderen setzte, war ich fast überrascht, daß es überhaupt funktionierte. Ich ging, zwar ohne festes Ziel, aber immerhin. Der Ackerboden war klebrig, aber ich sagte mir, daß man ja nicht wirklich versank. Dies war mit Sicherheit eine der schlimmsten Einöden im ganzen dunklen Deutschland, aber ich würde weitergehen, bis ich das nächste Dreiseelendorf erreichte.

Aus irgendeinem Grund floh ich nicht in den Wald zurück, sondern suchte Spuren der Zivilisation. Dabei hatte ich mich immer gewundert, warum Penner die Sommernächte vor Hauseingängen und nicht auf grünen Wiesen verbrachten.

Das hier war genau die tote Zukunft, die allen, die ich kannte, bevorstand. Der Ort, der einen müde machte und an dem nie etwas geschah.

Ich dachte an Chris' warmen Körper, um den ich meinen gelegt hatte und stellte mir auch Lena vor. Trotzdem konnte ich nicht vergessen, wo ich gelandet war. Vielleicht fiel ich in ein Loch und auf Simons Leichnam, aber nein, das sicher nicht.

Ich konnte mich doch tatsächlich über ein Auto freuen, das noch ziemlich weit weg auf einer Straße fuhr, die irgendwohin führen mußte. Dorthin wollte ich.

Der Wind fauchte mir entgegen. Kein Sommerwind, sondern ein kalter, gemeiner Wind, der mich biß wie eine ganze Armee skandinavischer Flöhe. Ich schrie diesen Wind an, aber ich dachte auch an das Mädchen, das mit den Soldaten gefahren war. Ich dachte: Kopf hoch, Kleines.

Schließlich erreichte ich die Straße, die nicht unter mir nachgab wie das sonstige Sumpfland. Ich fühlte mich wie die antiken Figuren, für die Gott extra das Meer geteilt hatte. Dann kam auch bald das nächste Dorf, auf dessen Namen ich nicht achtete. Hinter keinem Fenster brannte noch Licht, aber dafür spielte jeder Hund verrückt. Offenbar war ich auch hier nicht erwünscht, aber das machte nichts. Ich steuerte die hellerleuchtete Telefonzelle des Dorfes an und ließ mich auf der Bank zu ihrer linken nieder. Ich hatte noch Geld und ein bißchen Gras. Das rauchte ich.

Obwohl ich vollkommen durchnäßt war und fror, glaubte ich nicht an eine kommende Krankheit, sondern legte mich lang und döste, während die Hunde bellten und knurrten. Sie hörten nicht auf damit, obwohl ich niemanden störte.

Zu meinem Erstaunen richtete sich mein Schwanz auf, und ich war ihm sehr dankbar dafür. Nicht, daß es allgemein aufwärts ging, aber es war seltsam beruhigend.

Manchmal hatten Mick, ein paar andere und ich unsere Buchholzer Nächte auf der Bank vor einem blöden Modehaus verbracht, uns bekifft, Scheiße geredet und auf die Kreuzung gestarrt. Es war klar, das hatte nicht wirklich Witz, aber soviel stand fest, wir würden alles besser machen, als die Typen in den vorbeifahrenden Wagen.

Ich wollte diese Gewißheit zurück. Ich wollte, daß das Leben sein Versprechen hielt und hoffte nicht nur auf den ersten Bus, sondern auf das ganz persönliche Wunder, das mir zustand.

# Seitwärts

*It´s something unpredictable*
*but in the end it´s right*
*I hope you had the time*
*of your life*
Green Day

»Scheiße, Daniel! Du siehst jeden Tag schlimmer aus.« Chris trat beiseite, so daß ich durch die Tür torkeln konnte. »Wäre ich deine Freundin, ich würde mich langsam aber sicher beschweren.«

Gestern Nacht auf der Bank war ich irgendwie krank geworden. Außerdem hatte ich nicht verhindern können, daß sich auf meiner Unterlippe eine riesige Blase bildete.

»Tschuldigung«, murmelte ich, schlüpfte wie geplant in trockene Klamotten und legte mich aufs Sofa.

»Bremervörde«, erklärte ich. »Das waren wieder diese Scheiß Nazis.«

Chris seufzte und ließ mir Badewasser ein, nachdem sie ihre Hand auf meine Stirn gelegt hatte. Fieber hatte ich nicht.

Ich versuchte, diese Blase vor ihr zu verstecken und wünschte, mein Immunsystem hätte andere Prioritäten gesetzt. Ich war über Bremervörde und Bremen zurück nach Hamburg gefahren und hatte dabei die Sekunden gezählt.

Nun ging es besser. Chris war meine ganze Familie. Sie

brachte mir heiße Milch mit Honig, während ich im tiefblauen Wasser saß und verhalten mit dem Schaum spielte.

»Mick kommt in zwei Tagen raus«, meinte sie. »Er sagt, seine Eltern haben die Geschichte mit Frankreich geschluckt. Aber sie wollen ihn natürlich mit nach Hause nehmen. Ach ja, und dein anderer Freund war da. Dieser Benny.«

»Echt? Und wo ist er jetzt?«

»Ist schon wieder weg. Er hatte nicht viel Zeit.«

»Scheiße.« Ich trank meine Milch. Benny hätte ich nicht nur gestern gut gebrauchen können. »Hat er gesagt, wann er wiederkommen kann?«

»Nein, wußte er nicht. Er sah auch nicht gerade gut aus. Hast du Geld? Dann hol ich dir was für deine Lippe.«

»Im Rucksack in der Seitentasche rechts.« Ich ließ mich tiefer ins Wasser sacken. Chris kam schon bald mit einem Zeug wieder, mit dem ich meine ganze Mundpartie überschmierte. Zum Glück war es wenigstens weiß und versteckte meine neue Häßlichkeit.

Weil ich so krank war, durfte ich zwei Nächte in Chris' Bett schlafen. Leider verbrachte sie diese Nächte woanders, und ich paßte höllisch auf, daß ich nicht ihr Bettzeug verklebte, auch wenn sie mir gerade – fremdging.

Die Tage waren umso unbeschwerter, trotz einer ausgewachsenen Grippe. Aus meinem Trip machte ich eine heldenhafte Geschichte, die aber niemanden hier beeindruckte. Meine einzige Sorge war das Reh, das entweder noch immer frei oder aber tot war.

Ansonsten lag ich antriebslos und zufrieden vor dem Fernseher und machte richtige Ferien im Hotel Hafenstraße.

Dann erfuhr ich von Chris, daß sie eine Party geben würde, und das machte mir klar, daß ich nicht ewig so malträtiert aussehen durfte. Am Mittwoch war die Blase weg, und am Donnerstag wagte ich mich mit Krankenversichertenkarte zu einem Zahnarzt, der keine Fragen stellte. Er sagte, daß Aufbaufüllungen genügen würden und schaffte mein Problem am Freitagnachmittag aus der Welt.

Ich wußte, es waren nicht wirklich meine Zähne, aber sie sahen genauso aus.

Später spazierte ich durch die City, kaufte mir eine neue Jacke und grinste jedes Mädchen meines Alters an, das mir begegnete. Daß sie mich wohl für etwas blöde hielten, störte mich nicht.

Ich konnte noch immer nicht wieder mit voller Überzeugung sagen, daß das Leben schön war, aber ich war mit der Gewißheit zufrieden, daß es weiterging.

Ich blieb vor einem Kiosk stehen und laß die Überschriften auf den Titelseiten irgendwelcher Zeitungen. Vor einer Kirche in Altona hatte es eine Schießerei gegeben. Dabei waren vier Männer auf der Strecke geblieben. Zwei Deutsche und zwei Albaner.

Irgendwie wußte ich, daß ich die nächsten Tage verplempern würde, aber das machte mich nicht nervös. Die Schule war noch weit weg, und zum ersten Mal seit langer Zeit dachte ich an Lena, ohne daß mir heiß und kalt wurde.

Ich sah ihr Foto an, zog mit dem Finger die Konturen ihres Kopfes nach und steckte es behutsam wieder ein. Lächelte sie auf dem Bild? Oder war sie verloren? In diesem Augenblick glaubte ich, daß sie in Sicherheit war. Und das Reh hatte ich auch nicht erwischt.

Ich setzte mich direkt vors Rathaus und sah einer alten Frau beim Taubenfüttern zu. Ihr Mann stand neben ihr. Er schien blind zu sein und lächelte.

Ich mochte die Beiden und hatte das Gefühl, daß der Mann seine Frau als junges Mädchen sah. Und ich konnte auch sehen, daß sie in Wahrheit ein junges Mädchen war.

Normalerweise hätte ich die Beiden niemals angesprochen, aber heute war es anders. Ich ließ mir von der Frau Brotkrumen geben und warf diese in regelmäßigen Abständen zwischen die gierigen Tiere.

»Sie sind ein Glückspilz«, sagte ich zu dem Mann. »Ihre Frau ist phantastisch.«

»Danke, junger Freund. Sie sprechen mir aus der Seele.«

»Das freut mich.« Ich versuchte, die letzten Brotkrumen auf die zu kurz gekommenen Tauben zu verteilen.

»Sagen Sie, mein Junge, wie alt sind Sie?«

»Siebzehn.« Ich mochte es, wie er mich genannt hatte.

»Ich werde demnächst zweiundachtzig. Aber ich werde genau siebzehn Leute zu meinem Geburtstag einladen, weil das ein schönes Alter ist.«

»Finden Sie?«

»Ja, ich kann mich gut daran erinnern. Manchmal kann ich den Jungen, der ich damals war, sogar noch ausgraben. Dann denke ich, daß es schon seltsam ist, was diesem Jungen so alles passieren konnte. Aber mit meiner Frau hatte ich wirklich Glück.« Die Frau war so verlegen, wie ein Teenager nur sein konnte. Sie hakte ihn unter. »Dieses Glück wünsche ich Ihnen auch.«

Ich bedankte mich, auch wenn meine Hoffnungen gerade auf ganz andere Dinge zielten. Dann gingen wir auseinander.

Ich schlenderte weiter, kaufte mir ein blödes Eis am Stiel und hatte sogar meinen Spaß daran. Mick würde morgen aus dem Krankenhaus entlassen werden. Wahrscheinlich verfrachtete man ihn auf direktem Wege nach Buchholz. Dennoch hielt ich es nicht für klug, ihn noch einmal zu besuchen. Buchholz und die Schule waren für mich so weit weg, wie Lena es niemals sein konnte. Selbst wenn sie in Feuerland wohnte.

Ich dachte nicht mehr daran und wanderte hinunter zum Hafen. Als ich noch sehr klein war, waren meine Eltern oft mit mir hier gewesen, weil ich so auf Schlepper gestanden hatte. Ich war froh, daß sie mir immer noch gefielen, auch wenn die wirkliche Begeisterung ausblieb.

In ein paar Stunden mußte Hester zwei Kilometer weiter wieder an ihrem Platz stehen. In ein paar Stunden begann auch Chris' Party, die ich nicht versäumen wollte. Bis dahin hielt ich mich grundlos an allen möglichen Orten auf, an denen eigentlich nichts in der Luft lag und genoß meine Gelassenheit. So als wartete ich ganz zuversichtlich darauf, daß Eins zu Zwei wurde.

Mittlerweile hatten Chris und zwei ihrer Freundinnen den Saal bis auf die Anlage und das Sofa leergeräumt. Auf dem Boden lagen nur noch einige Kissen, und es roch schon kräftig nach Haschisch.

Die beiden Mädchen hießen Verena und Melanie. Sie waren in Chris' Alter und sahen nicht übel aus. Ich hörte ihren Gesprächen eine Weile zu, lächelte, wenn eine von ihnen in meine Richtung sah, und kam nicht dahinter, worüber sie eigentlich redeten.

Das Rechenzentrum war außer Betrieb und abgeschlossen. Ich klopfte bei Nomad an, der auf seiner Matratze lag und zur Decke starrte. Überhaupt war ich noch nie in seinem Zimmer gewesen, das, wie ich sofort bemerkte, eher nach einer Einzelzelle aussah.

»Trainierst du für den Bau?« wollte ich wissen.

»Wenn du mal ernsthaft von deinen Eltern wegkommst und etwas mehr als nur Ferien vom eigenen Ich machen willst, dann wirst du vielleicht feststellen, daß du nicht mal in der Lage bist, dir überhaupt ein Zimmer zusammenzustellen, das nach irgendwas aussieht.«

»Tja, vielleicht sollte ich an deinem Zimmer ein wenig üben. Hast du eine Spraydose?«

»Ja, warum nicht?! Da drüben in der Ecke.« Ich fand die Dose und öffnete sie. Hellblau. Ich sah, daß er sogar einen Feuerlöscher hatte, aber ich stellte keine Fragen. »Dann paß mal auf.« Ich öffnete das Fenster und sprühte schnell und durchaus gewandt eine Teufelsfigur und einen Geist an die Dachschräge. Sie gingen Hand in Hand. »Das war's schon.«

Nomad kam auf die Beine und begutachtete mein Werk. Er war nicht unzufrieden. »Ist eigentlich ein gutes Logo«, fand er.

»Ein Anfang«, pflichtete ich ihm bei. »Nur nicht in Anfängen steckenbleiben.«

Er verzog das Gesicht und schickte mich hinaus, ohne mir zuvor eine Predigt zu halten. Ich nahm das so hin und kehrte in den Saal zurück. Die ersten Gäste waren da. Zwei Endzwanziger in Ledermänteln und ein jüngerer Punk. Sie wollten die alten Dead Kennedys hören und bekamen ihren Willen.

Als die nächsten Leute eintrafen, wälzten sie sich bereits am Boden. Ich traute mich noch nicht, ein Bier mit meinen neuen Zähnen zu öffnen und hielt mich vorerst abseits.

Ich trank Bier, kiffte, und sah zu, wie der Saal sich füllte. In den Ecken wurde auch gekokst. Es waren nicht nur Punks, andere Freaks und ethnische Minderheiten da, sondern es gab auch viele Leute, die auf ganz andere Art durchgestylt waren.

Ich bekam meistens nur Gesprächsfetzen mit, aber noch häufiger als die Worte »Kapitalismus« und »Polizeistaat« fiel der Begriff Marketing. Das waren Werber, die ihre Studienobjekte unter die Lupe nahmen.

Es lief jetzt Nirvana und zwar »Smells like Teen Spirit«. Ich war der Jüngste hier und wollte nicht mit den anderen zu der Musik tanzen, die mir etwas sagte. Ich ging pinkeln, während Hiphop und Crossover angesagt waren, dann spielten sie Suede. Suede fand ich sexy. Genau wie viele Mädchen auch, unter die ich mich mischte.

Ich hatte ewig nicht getanzt, aber es war noch immer ganz leicht.

Ich freute mich an den auffliegenden Mädchenhaaren, die immer wieder mein Gesicht trafen, dann fiel mein Blick auf Nomad, der das ganze Geschehen herablassend betrachtete. Diese Arroganz, die sich mit einer gewissen Müdigkeit mischte, verlieh ihm sowas wie einen aristokratischen Charme. Es stand ihm gut.

Ich hörte zu tanzen auf, setzte mich neben ihn und baute einen neuen Joint. »Du hältst nicht viel davon, was?«

Er hob etwas hilflos die Schultern. Mit dieser Geste verflüchtigte sich sein neugewonnener Charme. Ich rauchte und reichte das Teil an ihn weiter. Er rauchte, blinzelte und hüstelte.

»Und wovon träumst du, wenn die anderen tanzen?« Es war eine Anspielung auf einen alten weinerlichen Cure-Song, was er aber nicht wußte.

»Wieso träumen?« Er griff ganz von sich aus nach dem Joint, nahm einen hastigen Zug und starrte mich an. Nomad hatte riesige Augen wie ein Uhu. Sie standen ihm wirklich besser, wenn sie halbgeschlossen blieben. Wie eben, als er noch gleichermaßen milde und hochmütig ausgesehen hatte.

Aber das war alles weg, und er war wieder dieses Faß voll kluger Gedanken, die nichts mit ihm zu tun hatten. Ich war wütend auf ihn und grinste unverschämt in sein Gesicht.

»Wieso bist du noch hier?« versuchte ich ihn zu reizen.

»Ja, warum? Vielleicht, weil Leben Miterleben heißt.«

»Ach du Scheiße. Weißt du, was ich glaube? Ich meine, du setzt Viren aus, ja? Und, na klar, die Adressaten verdienen das auch. Und global gesehen bringt das wohl mehr als eine Party oder auch zehn, das ist schon klar. Aber ich glaube, daß dabei mal irgendwas schiefgelaufen ist. Ich meine, du hast dir einen bösartigen Virus eingefangen. Eine Art Rückkopplung. Nur eine Theorie.«

Nomad saugte ein letztes Mal angestrengt an dem Joint, dann trat er ihn aus. Ich konnte sehen, daß er todunglücklich war, und daß er das vor mir auch nicht weiter verheimlichen wollte.

Ich sah seine Hand, die sich ruckartig in meine Richtung bewegte. Wieso zückte er nicht einen klugen Gedanken und schickte ihn gegen mich? Seine Hand legte sich schwer auf meine Schulter, und er bewegte die Finger.

»Du bist bekifft«, sagte ich. Ich hatte den Eindruck, daß sich seine Augen sogar noch ein Stück weiteten. Er wirkte so schwach. Ich faßte sein Handgelenk und entfernte die Hand, die ein Kribbeln verursachte, als handelte es sich um eine große Spinne. Dieses Kribbeln verunsicherte mich, und ich nahm es ihm übel.

Nomad schloß die Augen. Sein Oberkörper schwankte leicht vor und zurück, doch er brach nicht ein.

»Wenn du glaubst, daß ich nicht am Leben bin«, sagte er, »dann liegst du falsch. Hast du verstanden? Ich bin am Leben. Erschreckt dich das?«

»Nein, eigentlich nicht.« Ich wollte scherzhaft hinzufügen: du kleines Luder, aber ich ließ es.

»Überschätz dich bloß nicht, Schuljunge. Vielleicht wirst du irgendwann einsam sein und dich dann auch an den Falschen wenden. Und das ist dann kein Luxusgefühl mehr. Das ist dann dein Leben.«

Vielleicht hätte ich ihm geglaubt, wenn er nicht schon wieder die Augen so weit aufgerissen hätte. So konnte er nichts sagen, was mich verstörte. So gab es keine Verbindung zwischen uns.

»Dir ist jetzt ziemlich schlecht, oder?«

Ein Mädchen löste sich aus dem Pulk der Tanzenden und stieß gegen mich. Ich lachte sie an, bevor sie wieder zurückschnellte. Ich machte das extra für Nomad, der sein Gesicht verzog.

»Komm schon«, sagte ich zu ihm, »ich bring dich in dein Zimmer.«

Ich ließ zu, daß er mich umklammerte und schleppte ihn aus dem Saal. Mit der einen Hand öffnete ich seine Zimmertür, mit der anderen verhinderte ich, daß er an mir herunterrutschte. Er schnaufte laut und fiel sofort aufs Bett, als ich ihn losließ.

»Geht's?« fragte ich höflich. »Ich geh jetzt wieder zurück.« Aber er antwortete mir nicht, sondern schleppte sich zum Fenster, das noch immer offenstand.

»Scheiße, was machst du?« Ich dachte schon, daß er vielleicht springen wollte, weil er sich so weit hinauslehnte, doch das hatte er nicht vor. Er kotzte aus dem Fenster.

Ich trat ein paar Schritte zurück. Das Licht aus dem Flur schien direkt auf ihn. Er hing dort so hilflos und erbärmlich, daß es mich ganz krank machte.

Seine Hose war nach oben gerutscht und sah am Hintern so merkwürdig aufgepumpt aus. Ich konnte auch seine extrem behaarten Waden sehen, und in diesem Augenblick haßte ich ihn für all das. Besonders für das Kribbeln von vorhin.

Mir kam ein unschöner Gedanke, langsam aber zwingend.

Wie an der Schnur gezogen machte ich einen Schritt nach vorn und dann noch einen. Und ich dachte: Jetzt hab einmal Mut in deinem Leben und pack ihn an den haarigen Knöcheln und wirf ihn hinaus.

Nomad war so sehr mit seinem Erbrechen beschäftigt, daß er wohl nicht einmal daran dachte, daß ich überhaupt noch im Zimmer war. Dabei atmete ich wahrscheinlich fast so laut wie er kotzte.

Ich bremste mich gewaltsam, schloß die Augen, dann stand Chris in der Tür. Sie ging an mir vorbei und kümmerte sich um Nomad. Schließlich zog sie mich aus dem Zimmer, und ich ordnete mich bei den Tanzenden ein. Ein Mädchen tanzte direkt vor mir. Sie war gut drauf, lachte, und lachte sogar immer noch, als ich so bewußt wie plump gegen sie taumelte. Mädchen rochen so viel besser, besonders zu fortgeschrittener Stunde. Ich war zufrieden damit, aber mir war auch klar, daß ich bald dieses gastliche Haus verlassen mußte, weil ich irgendwie seinen Frieden gestört hatte. Weil es sonst komisch werden würde.

Am Morgen, als die meisten Leute fort waren, nistete ich mich im Rechenzentrum ein. Chris beschaffte mir den Schlüssel, weil ich mich nicht traute. Ich schlief ein paar Stunden. Irgendwann rüttelte jemand an mir.

Ich öffnete die Augen und erkannte mit Schrecken Nomad, der sich über mich beugte.

»Verdammt, was ist?«

»Du hast Besuch. Ein Mädchen.«

»Echt?« Ich hatte Nomad im Verdacht, mich im Schlaf länger als nötig angestarrt zu haben und musterte ihn mißtrauisch. Doch er erwiderte meinen Blick nicht, sondern setzte sich an einen der Rechner.

»Vergiß nicht, was ich dir gesagt habe«, versetzte ich ihm im Vorübergehen. »Die Rückkopplung.« Ich war natürlich mehr als gespannt auf das Mädchen und stürmte nur halb bekleidet in den Saal.

Es war Hester. Sie hatte die Füße auf den Tisch gelegt und rauchte. Als sie mich sah, warf sie mir auch eine Zigarette zu, die ich aus irgendeinem Grund nicht fing.

»Du?« Ich bückte mich hastig nach der Kippe.

»Ja, setz dich. Es gibt Neuigkeiten.«

Ich sah sie heute zum ersten Mal bei Tageslicht. Sie war ein ganz normales Mädchen. Sie hätte ohne weiteres auf meine Schule gehen können. Ich sagte ihr auf unbeholfene Weise, daß sie hübsch war, aber das nahm sie natürlich nicht zur Kenntnis. Wahrscheinlich sagten das die höflicheren Freier auch.

»Freut mich, daß ihr so glimpflich davongekommen seid neulich.«

»Naja, ganz so war es nicht. Weißt du denn, was noch alles passiert ist?«

»Ja, alles. Mario sprach mit Sympathie von euch, aber jetzt nicht mehr.«

»Das versteh ich beides nicht.«

Hester drückte ausgiebig ihre Kippe aus. »Er ist tot. Er wurde nach der Beichte von irgendwelchen Albanern erschossen.«

»Quatsch.« Aber dann erinnerte ich mich an den Zeitungsartikel über die Schießerei vor einer Kirche und nickte. Ich hatte mich noch nicht entschieden, was ich fühlen wollte. Ich dachte nur so etwas wie: Das gibts doch gar nicht.

»Vor einer Kirche?« fragte ich nach.

»Ja, er war sehr religiös. Er litt auch unter Kopfschmerzen, was er als Strafe sah. Dann schloß er sich meistens ein und tobte im Zimmer herum. Diese Kopfschmerzen drückten irgendwie auf den Sehnerv. Manchmal war er tagelang blind.«

»Vielleicht gibts ja doch einen Himmel«, scherzte ich blöde.

»Glaub ich nicht«, sagte Hester. »Es gibt nur das hier.«

Ich starrte aus dem Fenster, sah sie an und ging schließlich im Saal auf und ab. Irgendwas mußte mir doch dazu einfallen.

»Aber«, begann ich nach einer Ewigkeit, »dann bist du doch jetzt frei. Du kannst machen, was du willst.« Ich lächelte und nickte ihr aufmunternd zu.

»Frei, wozu?« Hester lächelte nicht mit. »Ich brauche Geld und werde weitermachen wie bisher. Auch ohne Mario.«

»Aber dazu zwingt dich doch jetzt niemand mehr.« Diesen Satz bereute ich nicht umsonst. Hesters Blick war tödlich. »Du kleiner Bastard«, knurrte sie. »Hältst du mich für eine Sklavin? Ich sag dir mal was. Von vierzehn bis sechzehn hatte ich viele beschissene Typen. Es waren einige Klugscheißer deiner Sorte mit dabei. Und ich bereue wirklich sehr, daß ich mir von diesen Idioten und Arschlöchern kein Geld habe geben lassen. Sklavinnen kriegen kein Geld. Und du, glotz mich nicht so blöde an!«

»Das tue ich nicht.« Aber mehr konnte ich dazu nicht sagen. Ich war auch kein Lottogewinner und darum unfähig, ihr irgendwie weiterzuhelfen. Trotzdem stellte ich ihr diese Frage.

»Tut mir leid, aber als Stammfreier kommst du bestimmt nicht in Frage. Mein Leben geht so weiter wie bisher, aber deins vielleicht nicht.«

»Wie meinst du das?«

Hester tippte mit dem Zeigefinger auf den Tisch. »Wir hatten einen Deal. Du erinnerst dich? Gib mir fünfzig Mark. Das sollte es dir wert sein.«

Ich hörte ihre Worte und gleich darauf meinen Puls. Ich holte das Geld und gab es ihr. Hester schob mir einen Zettel zu, auf dem eine Adresse stand. Hermann-Burgdorfstr. 4.

»Ich hab sie getroffen, deine Angebete. Ich glaube aber nicht, daß sie von dir begeistert sein wird.«

»Lena?! Wo?«

»Keine Sorge, nicht auf dem Strich. Aber sie hat mich hingefahren. Sie fährt Taxi.«

Mein Mund stand offen, und zwischen meinen Lippen bildete sich eine überdimensionale Blase, die geräuschlos zerplatzte.

»Lena«, wiederholte ich mich. »Und sie weiß, daß wir – daß ich sie suche?«

»Ja, das hier ist ihre Adresse. Telefon hat sie nicht. Sie hat nichts dagegen, daß du kommst, aber das heißt ja nichts.«

Hester stand auf und sah auf mich herunter. »Das war alles. Mehr gibt es nicht zu sagen.«

Ich nahm sie erst wieder wahr, als sie die Wohnungstür von außen zumachte. Aus Sympathie, Höflichkeit oder vielleicht auch falscher Scham lief ich ihr hinterher und traf sie auf der Treppe. Hester blieb stehen, drehte sich aber nicht zu mir um.

»Danke«, sagte ich, »und vergiß nicht, wir sind eine Generation.«

Sie ging weiter, und ich zog mich zurück. Ich war allein im Saal und hörte Musik. Ich wollte trauern um Hester und wünschte ihr Glück, aber ich dachte noch mehr an Lena – und an mich.

Ich war ein Egoist. Viele Stunden später, als es schon fast wieder dunkel draußen war, lief ich zum Hafen hinunter.

Ich trat jede Straßenlaterne aus, was nichts weiter als ein eingeschleppter Kleinstadtbrauch war. Aber ich ging nicht bis zum Ziel und sah Hester nicht wieder.

# Überirdisch?

*I don´t wanna get stoned*
*but I don´t wanna not get stoned*
Lemonheads

Ich saß eine Weile am Wasser, dann vor dem Onkel Otto und schließlich im Saal. Es war niemand außer mir da, was ich als Vorwand nahm, nicht gleich zu Lena zu fahren. Ich wollte ja nicht unhöflich sein.

Aber eigentlich hatte ich ein komisches Gefühl der anderen Art. Vielleicht war sie nicht allein und schob mich in den Flur ab. Vielleicht war sie anders als ich dachte.

Also wartete ich, daß diese Zweifel verflogen und richtete meine Gefühle auf Hester, was nicht so einfach war, weil es mir mehr um meine Zerstreuung ging als um sie.

In Wahrheit mußte ich mir jetzt schon vornehmen, sie nie zu vergessen. Bald würde ich nur noch ihren Namen wissen, oder mich im Rahmen einer Begebenheit an sie erinnern, und dann an nichts mehr. Das alles wußte ich jetzt schon, obwohl ich mein ganzes Leben lang nur in Ewigkeiten gedacht hatte. Jetzt ließ ich die Menschen, die mich berührt hatten, einfach so verschwinden.

Vielleicht war es Lena auch so mit mir gegangen.

Wenn es so stand, durfte ich mich nicht beschweren. Ich sicher nicht.

Dann kam mir die Idee, Tim anzurufen, um zu wissen, wie es ihm ging und ob wir verdächtig waren, aber es war schon zu spät. Zu spät in der Nacht, ja. Das erleichterte mich. Ich packte meine Sachen zusammen und rollte die Isomatte ein letztes Mal im Rechenzentrum aus. Letztendlich setzte sich ein willkommeneres Gefühl durch. Ich war gespannt auf morgen und konnte es kaum erwarten, wieder aufzuwachen. Morgen würde ich vielleicht wissen, was das alles wert gewesen war und ob es ein Leben jenseits des Ackers gab.

Von allen älteren Leuten, die mir bislang begegnet waren, hatte es niemand wirklich geschafft, ihn zu umgehen. Vielleicht mit Ausnahme von Chris, obwohl ich mir ihr wahres Leben eigentlich nicht vorstellen konnte. Ich wußte ja nicht, wie langweilig es als Studentin sein mochte, oder was immer sie sonst noch tat. Darüber hatte sie nie was gesagt.

Ich wurde müde, aber wenigstens raste mein Puls noch. Ich wollte schlafen, um die Zeit vorzuspulen. Die nahe Zukunft versprach etwas, und mit dem Geruch von Erdbeeren aus dem Garten meiner Großeltern in der Nase schlief ich ein. So mußte auch Lenas Mund schmecken. Sie bewegte sich durch jeden meiner Träume in dieser Nacht. Sie rannte die steilsten Hänge hinunter und wurde immer schneller, sie war die Frau mit der 45er-Magnum, und sie gehörte beinahe mir. Ich war glücklich, weil ich dachte, daß ich sie immer kennen würde. Ich rief es ihr zu, und sie lachte und sagte: Das ist doch klar. Dann lag ich im Gras mit Blick auf hochgelegene Baumkronen, und dazwischen ein Stück Himmel, in das ihr Gesicht hineinpaßte. Und wenn mein Leben jetzt endete, dann war es in Ordnung.

Der Traum eines glücklichen Kindes, das hofft, daß es immer so sein wird. Nichts weiter als ein Traum, der eine Spur zu rund war. Hester kam nicht darin vor.

Als ich aufwachte war es leider Nomads Gesicht, in das ich sah, und wieder hätte ich nicht sagen können, wie lange er schon über mir gestanden hatte. Er versuchte mürrisch auszusehen und sagte, daß er jetzt arbeiten wollte.

Ich hatte aber nichts an und noch dazu eine Morgenlatte. Also blieb ich liegen, bis er von allein ging. Dann verschwand ich im Bad, putzte mir die Zähne und duschte ausgiebig.

Wir frühstückten alle zusammen. Mittlerweile war es so, daß Axel seinen Helm nur noch trug, wenn er krumme Dinger am Computer drehte. Seine Freizeit schien wieder ganz ihm zu gehören.

»Wenn du irgendwann deinen Helm nicht mehr brauchst, kannst du ja mal über deine Frisur nachdenken«, gab ich ihm als Tip. Ich meinte es nicht böse, aber Axel brummte nur.

»Kommt schon, eßt ein bißchen Grünes«, meinte Chris und stellte einen frischen Salat zwischen all die Weißbrote. Ich lobte diesen Salat und anschließend die ganze Runde.

»Heute ist mein letzter Tag bei euch«, sagte ich. »Vielen Dank für die letzten Wochen. Ich danke euch für alles und entschuldige mich für vieles.« Dann stand ich auf und hob mein Milchglas. »Auf euch. Und macht weiter so.«

»Du hast dieses Mädchen aufgespürt?«

»Ja, ich glaube. Hester, die, die gestern hier war, hat Lena getroffen. Lena hat sie gefahren.«

»Und was ist jetzt mit Hester?« fragte Chris.

»Nichts, obwohl dieser Zuhälter tot ist. Erschossen.«

»Das ist doch okay«, meinte Nomad.

»Klar, aber für Hester ändert sich dadurch auch nicht viel. Könnt ihr nicht irgendeine Bank erleichtern?«

Nomad schüttelte den Kopf. »Die Zeiten sind vorbei.«

»Zu dumm.« Ich setzte mich vorläufig wieder und wartete, bis Nomad den letzten Löffel Haferflocken in sich hineingeschoben hatte. Dann machte ich noch den Abwasch und rauchte eine letzte Zigarette mit ihnen allen.

»Grüß Jack bitte von mir, wenn du ihn mal siehst«, brummte Nomad.

»Wieso? Ruf ihn doch an.«

»Und küß deinen Freund Mick mit Zunge von mir«, verlangte Chris. »Wenn ihr mal Führerscheine habt, könnt ihr ja mal rumschauen.«

Ich nickte, tätschelte Axels Schulter, und verließ die Burg.

Weil nichts läppischer war, als mit der Bahn zu fahren, ging ich natürlich zu Fuß.

Es war Montag, und Hamburg so geschäftig wie eh und je. Aber ich ging irgendwie zielstrebiger als jeder der Männer aus dem Business. Ich hatte viel mehr vor.

Die Hermann-Burgdorfstraße war in Horn, worüber ich mich etwas wunderte. Horn war zwar nicht so tot wie Schnellsen, aber doch ziemlich langweilig. Als ich diesen Bezirk endlich erreichte, traute ich mich irgendwie nicht mehr weiter. Tagsüber regierten hier blöde kleine Dackel und Pekinesenhunde, die alles ankläfften, was sich hierher verirrt hatte. Aber lebte nicht auch jeder Terrorist hinter Gardinen und mit Geranien auf dem Balkon?

Also setzte ich den Weg fort, bis ich vor ihrem vermeintlichen Haus stand.

Es war ein Firmengebäude. Ein Matratzenlager oder sowas ähnliches. Über der unteren Klingel stand der Firmenname, über dem oberen Knopf stand gar nichts. Da drückte ich drauf, woraufhin nichts geschah.

Ich drückte erfolglos weiter, überquerte die Straße und spähte in die Fenster. Gardinen gab es hier nicht, aber trotzdem war nicht viel zu sehen.

Wahrscheinlich fuhr Lena Taxi, und das bestimmt bis in die Nacht. Ich bewegte mich wieder Richtung City, nun nicht mehr ganz so zielstrebig, und dann wieder zurück hierher.

Ohne Basis war Hamburg nur schwer zu ertragen. Es konnte eine richtige Scheißstadt sein, selbst bei so blauem Himmel wie heute. Ich aß die schlechteste Pizza der Welt und wartete auf den Treppen vor hoffentlich ihrem Hauseingang.

Trotz allem was geschehen war, hatte ich in den letzten

Wochen viel Zeit mit Warten verplempert. Die Dinge waren alle so passiert, ohne daß ich mich selbst so rasend schnell bewegt hatte, wie ich es doch müßte, um mit Lena auf einer Höhe zu sein. Bestimmt genügte es nicht, wenn nur mein Herzschlag beschleunigte.

Ich war ein Sitzenbleiber, der Ferien vom eigenen Ich machte und eigentlich auch nicht viel zu verlieren hatte. Ich hatte nur meine siebzehn Jahre und Geld für die nächsten Wochen.

Das konnte man von außen betrachtet Freiheit nennen, aber in genau so einem Zusammenhang hatte Hester die Frage gestellt: Frei wozu?

Jemand anderes mußte mir das beantworten und wahrscheinlich gab es nur eine, die das konnte. Also mußte ich warten. Es war besser, auf Lena zu warten als auf irgendwas sonst. Gerade wollte ich losgehen, um neue Zigaretten zu ziehen, da setzte ein übergroßes Motorrad über den Bordstein. Der Typ ließ die Maschine noch einmal aufbrüllen, bevor er sie direkt vor der Treppe parkte. Er nahm den Helm ab und musterte mich unzufrieden. Ein Typ mit blödem Dreitagebart wie George Michael, halblangen Haaren und ganz in spekkigem Leder. Vielleicht war er etwa dreißig Jahre alt.

»Suchst du was bestimmtes?«

Ich nickte. »Jemanden ganz bestimmtes, ja. Wohnst du hier?«

Er ging an mir vorbei, damit ich mich umdrehen und meinen Hals recken mußte. Ich war nicht beeindruckt, weil ich Mario kennengelernt hatte. Mario war tot, und der hier war nicht Mario. Der Typ sah aus, als überlegte er, ob er auf mich spucken sollte, aber das machte er nicht.

»Allerdings wohn ich hier. Wer will denn das wissen?«

»Ich bin ein Freund von Lena. Kennst du sie?«

»Deine Freundin wohnt hier nicht. Wenn du überhaupt eine hast. Alles klar? Jetzt verzieh dich.«

Ich sah wieder auf die Straße und rückte nicht von der Stelle. Natürlich machte es mich etwas nervös, ihm den Rücken zuzudrehen, aber nur ein paar Sekunden später hörte ich die

Tür knallen. Mit meinem Auftritt konnte ich zufrieden sein, obwohl, was war, wenn das hier wirklich die falsche Adresse war? Allerdings glaubte ich nicht, daß Hester mich angelogen hatte. Vielleicht stimmte nur die Hausnummer nicht. Irgendwann mußte ein bestimmtes Taxi durch diese Straße rollen.

Ich begann, Spielchen zu spielen und wettete mit mir selbst, der wievielte Wagen es sein würde. Auf diese Weise konnte ich von einer Sekunde zur anderen hoffen, aber allzulange dauerte es nicht, bis ich die Zählerei satt hatte. Dann ging ich doch erst mal Zigaretten holen.

Rauchen bedeutete normalerweise Zeitstillstand, aber nicht in diesem Fall. Nichts nützte etwas. Allmählich war es ein unsicheres Fiebern, das mir zu schaffen machte. Aber ich wagte nicht, eine Runde um den Block zu drehen. Stattdessen legte ich Muster mit den sich rasch vermehrenden Kippen.

Ich sah machtlos zu, wie der Himmel sich am späten Abend verfärbte, wie er roter wurde und schließlich dunkel. Dann fiel mir ein brauner Ford Granada auf, der in die Straße einbog und in eine Parklücke stieß. Irgendwie hatte dieser Wagen Signale an mich gesendet. Mein Herz hämmerte, als wollte es aus meinem Körper heraustreten.

Ich lief auf die Straße und sah sie. Sie war es wirklich. Ich rief ihren Namen, und Lena lächelte mir zu. Nicht belustigt, sondern wirklich erfreut. Aber wir verpaßten den Augenblick, in dem wir uns hätten umarmen müssen.

»Daniel«, sagte sie, »seit wann bist du größer als ich?«

»Das sieht nur so aus.«

Sie sah anders aus als früher, älter natürlich, aber irgendwie auch nicht. Ich wußte, sie war mehr als die Summe aller Mädchen, aber was sollte ich ihr sagen?

»Komm mit rein«, meinte sie, »und ignoriere meinen psychotischen Mitbewohner.«

»Der Typ, der aussieht wie George Michael?«

»Stimmt, das ist Oliver. Hat er dich blöd angemacht?«

»War nicht so schlimm.«

Lena bewohnte mit diesem Oliver die oberste Etage, in der

früher irgendeine Firma gehaust hatte. Ihr Raum war noch riesiger als der Saal in der Hafenstraße, aber er war bis auf eine breite Matratze völlig kahl. Oliver war in seinem Raum und ließ sich nicht blicken.

»Es ist so leer, weil ich bald weggehe«, sagte Lena. »Ich hab so ziemlich alles zu Geld gemacht und den Rest verschenkt.«

Sie saß auf der Matratze und ich ihr gegenüber. »Wohin?« fragte ich.

»Das Beste wäre ein anderer Planet, aber ich komme nur bis Mexiko. Drei Freunde von mir haben ein kleines Hotel gekauft in einem Dorf in der Wüste. Sie haben geschrieben, wie hell es dort ist. So hell, daß man nicht mehr unterscheiden kann, wo das Land in den Himmel übergeht. Ich will genau diese Art von Helligkeit.«

»Und wann?« Ich fröstelte, obwohl Lena genauso strahlte wie angeblich das verdammte Mexiko.

»Noch eine Woche, dann geht mein Flieger von Frankfurt. Ich habe alles geregelt, nur der Wagen muß noch verkauft werden. Also haben wir etwas Zeit nach all den Jahren. Von allen anderen hab ich mich schon verabschiedet.«

Unter Aufbietung aller Kraft sagte ich, daß sich das alles sehr gut anhörte.

Lena schnippte mit dem Finger. So laut, daß ich unwillkürlich den Kopf heben mußte. »Sei nicht traurig«, verlangte sie von mir. »Du hast doch gedacht, daß ich auf den Strich gehe. Das Mädchen hat mir ein bißchen über dich erzählt.«

»Hester?«

»Ja, hast du sie gut gekannt?«

»Nein.«

In diesem Augenblick trat Oliver ins Zimmer. Er war ungehalten und wollte mit Lena allein sprechen. Sie ging mit ihm raus, und ich legte meinen Kopf in ihr Kissen, das nach Orangen duftete, was mit ihren Haaren zu tun haben mußte.

Es stimmte. Sie lebte und hatte große Pläne, aber ich würde sie für immer verlieren. Erst sie und dann den kümmerlichen Rest meiner verkorksten Jugend in einer öden Kleinstadt.

Aber ich wußte jetzt auch etwas Neues. Mexiko war offenbar ein Land, das jenseits der blöden Westernfilme existierte. Es war da, und man konnte hinfliegen.

Vielleicht waren es zwanzig Tage meines Lebens, an denen ich Lena gesehen hatte. Und nun lag ich hier in ihrem Zimmer, als ob man mir eine Keule über den Schädel geschlagen hatte und hielt an dem Gedanken fest, daß das für die Ewigkeit sein mußte. Fast wollte ich schon losheulen.

Immer. Das war so ein Wort, an das ich glauben wollte, und das sich jedesmal verflüchtigt hatte. Dieses Immer gab es in Wirklichkeit nicht einmal für mich. Es hatte überhaupt keine Bedeutung. Ich erfand sie mir, und dann vergaß ich es. Ich drückte meinen Kopf tiefer in ihr Kissen, aber gleich darauf mußte ich hochschnellen, weil sie die Tür öffnete.

Lena rauchte eine Zigarette und sah nervös aus.

»Daniel, macht es dir was aus, wenn wir von hier verschwinden?«

»Nein, wieso? Was ist passiert?«

»Ach, Oliver, dieser Idiot. Er ist in eine Apotheke eingestiegen gestern Nacht. Er sagte, er ist nicht sicher, ob so ein Typ mit Hund ihn gesehen hat.«

»Wie, und jetzt soll er mitkommen?«

»Der sicher nicht. Nur wir beide. Früher haben Oliver und ich ein paar Brüche zusammen gemacht, aber jetzt nicht mehr. Ich war im Jugendknast. Mein Magen hat noch immer nicht den ganzen Beton verdaut. Man soll wirklich nicht in dem Land alt werden, in dessen Gefängnis man schon einmal war.«

»Oh, also, ich weiß ja nicht, vielleicht kann ich dich beruhigen. So ein Hacker aus der Hafenstraße hat alle Eintragungen über dich gelöscht. Die Sache mit den Typen, die du angekettet hast.«

Lena schnippte ihre Zigarette in die Ecke. Sie war amüsiert, aber mehr auch nicht.

»Okay, das sind alte Geschichten.« Sie kam näher zu mir. »Alles gelöscht, sagst du? Aber nicht für mich. Außerdem gab es da noch mehr. Kleinkram zwar, aber, naja. Und ich will auf keinen Fall jetzt noch aufgehalten werden. Wenn die Bullen vor der Tür stehen, will ich weit weg sein.«

Sie stand vielleicht einen halben Meter vor mir. Ich verfolgte mehr die Bewegungen ihrer Lippen, als daß ich ihre Worte hörte und nickte im gleichmäßigen Takt.

»Ich habe alles längst gepackt«, fuhr Lena fort. »Wir können sofort los. He, meine Paranoia sollte dir Befehl sein.«

Ich nickte wieder.

Lena ging ins Zimmer von diesem Oliver und ließ die Tür offen. Genau wie in Nomads Rechenzentrum liefen einige Computer auf Hochtouren, während andere jedoch ohne Stromversorgung in den Ecken standen.

Sie sagte nicht mehr als nötig, was ich ganz gut fand. Dann checkte sie ihre Unterlagen, griff den riesigen Rucksack und war bereit. Ich war es auch.

»Wozu hat Oliver denn seine ganzen Computer?«

»Die sind gestohlen, und er will sie verkaufen. Außerdem ist er ein Fälscher.«

»Und was fälscht er?«

»Studentenausweise, Semestertickets, Fahrkarten, all sowas. Lauter Lächerlichkeiten. Komm jetzt.«

Wir liefen die Treppe hinunter und die Straße entlang, als würde es auf jede Sekunde ankommen. Die wenigen Passanten, deren Durchschnittsalter immens hoch war, glotzten uns hinterher. Und als wir davonfuhren, und ich noch einmal zurücksah, hatten sie sich mehrheitlich auf der Mitte der Straße versammelt.

Ich hatte noch nie in einem Auto gesessen, das so groß, kantig und breit war wie dieses. Es war eigentlich mehr ein Rammbock, und vielleicht benutzte es Lena manchmal sogar in dieser Weise. Jedenfalls war es das Fluchtauto schlechthin.

Ich war überzeugt, daß wir einen Schlitten, wie Mario ihn besessen hatte, jederzeit von der Straße stoßen konnten, wenn es sein mußte.

Ich floh zusammen mit der Frau meiner Träume vor dem

kleinlichen Gesetz. Wir schossen aus dem Elbtunnel heraus wie ein X-Flügel-Jäger aus einem der Schächte des Todessterns, der gleich darauf explodieren würde.

Unsere Scheinwerfer wiesen uns den Weg durch die Nacht, und ich sah Lenas wunderbares Profil und dachte: Was für ein Glück, zu leben.

Es war alles so schnell gegangen, seit ich sie wiedergetroffen hatte. Eben noch hatte ich reglos auf der Treppe vor ihrem Haus gesessen, und jetzt fuhren wir zusammen wohin immer wir wollten. Vielleicht schnell genug, um die Welt um uns herum stillstehen zu lassen, oder wir waren wenigstens kurz davor. Wahrscheinlich letzteres. Nichts schien sicher, nicht einmal Mexiko. Ich steckte uns zwei Zigaretten an.

»Daniel, weißt du eigentlich, daß du gut aussiehst?«

»Und du erst.« Wir lachten. Sie gut gelaunt und ich aufgrund völliger Überforderung. Aber ich war glücklich. Fast glücklicher als in der einen Nacht, als ich in einem anderen Leben mit ihr zusammen im Wohnwagen gelegen hatte. Ein anderes Leben, aber wir kannten uns noch.

Ich begriff aber auch, daß sich die Relationen verschoben hatten, daß ich nicht mehr nur der kleine Junge war, der sie ungestraft anstaunen durfte. Ich mußte unbedingt etwas an mir haben. Wie sollte ich mir das nur zulegen?

Lena fuhr auf einen Rastplatz, weil sie mal pinkeln mußte. Ich legte mich aufs Wagendach, starrte den Mond an und dachte verzweifelt über meine eventuellen Qualitäten nach. Was und wo waren die? Sie waren einfach noch nicht geboren. Ich steckte nur voller vager Möglichkeiten, die meine realen Komplexe manchmal überstrahlten. Und das war auch schon alles.

Als Lena zurückkam, sprang ich vom Dach und landete so sicher wie ein Kunstturner.

»Siehst du den kleinen Wald dort drüben?« fragte sie.

Ich sah ihn und nickte wie ich immer nickte. Das mußte ich mir unbedingt abgewöhnen.

»Das bringt mich auf eine Idee. Ich will zurück an den Ort unseres Sommers, einverstanden?«

»Du willst nach Buchholz? Ausgerechnet dahin? Da ist doch nichts mehr.«

»Ein paar Geister vielleicht.«

»Wohl eher ein paar Arschlöcher zuviel. Und ich weiß nicht, ob ich mich da sehen lassen will. Ich habe den Wagen von Tims Vater gestohlen und verheizt.«

Aber es gab noch einen anderen Grund. Ich wollte weder Tim noch Mick sehen. Wir hatten die Suche zwar zusammen begonnen, das war klar, und sicherlich schuldete ich ihnen viel, aber ich wollte jetzt nicht teilen. Unter gar keinen Umständen.

»Niemand hat gesagt, daß wir uns da irgendwo sehen lassen«, versprach Lena, und ich nickte.

Wir fuhren also Richtung Buchholz. Zurück in diese Kleinstadt, in der man sich nur im Zeitlupentempo bewegen konnte und in der mich jeder Fleck an eine andere erlittene Niederlage erinnerte.

»Lena, hast du eigentlich jemals die Schule abgeschlossen?«

»Du meinst das Abitur? Nein, hat sich noch nicht ergeben. Wieso, hast du Ärger in der Schule?«

»Nee, schon gut. Ist unwichtig.« Was immer auch mit Schule zusammenhing, es mußte für sie so banal sein wie für mich nur ein Stück Kuchen an einem langsamen Sonntag. Ich war ein Schuljunge, und als ob das nicht schon schlimm genug war, ich mußte auch noch von selbst damit anfangen.

Lena setzte ihren linken Fuß neben das Lenkrad. Ich wollte sie so ansehen, daß sie es nicht bemerkte, aber unsere Blicke trafen sich. »Also?« fragte sie. »Was für ein Leben führst du in Buchholz? Weißt du immer noch worauf es ankommt? So wie als kleiner Junge?«

»Es gibt ja nicht viel in Buchholz. Wir hängen so rum, haben Parties und so. Einer liegt immer betrunken im Garten der Eltern eines anderen. Es gibt auch Drogen.«

Sofort verfluchte ich mich dafür, daß ich von Drogen geredet hatte. Ausgerechnet ich. Lena hatte schon damals ihre Erfahrungen damit, während ich doch in Wahrheit noch immer darauf wartete. Allerdings reagierte sie überhaupt nicht darauf.

»Und jetzt wartet ihr, daß das Leben einen Sprung macht?«

»Ja, kann man so sagen.« Mir war nicht besonders wohl, deshalb rauchte ich noch eine.

»Hast du darum begonnen, nach mir zu suchen?«

»Vielleicht, aber ich dachte auch, du bist in großer Gefahr. Ich dachte, du bist völlig verloren, obwohl ich ja weiß, daß du alles tun kannst, was du nur willst. Ich weiß du hast diese Fähigkeit. Und jetzt gehst du nach Mexiko.«

»Andere würden sagen, daß ich gescheitert bin und einfach fliehe.«

»Ja, dann sind das Idioten.«

Lena nahm mir die Zigarette aus dem Mund und zog daran. »Idioten oder nicht, sie sind ganz sicher in der Überzahl. Was ist mit deinen alten Freunden?«

»Es ist anders geworden. Tim, Mick und ich, wir haben uns eigentlich über dich wiedergetroffen. Die Beiden waren fast so fanatisch wie ich selbst dabei. Bei der Suche, meine ich. Was mit Mick passiert ist, hat Hester dir wahrscheinlich schon erzählt, aber wir haben Benny gefunden. Er arbeitete in einem der Millionen Schuppen in Veddel, und jetzt ist er beim Bund. Aber er ist, naja, irgendwie ein Held. Ich muß ihn unbedingt anrufen.«

Ich hätte noch weiterreden können, sagen, daß ich nichts wert war, wenn ich sie nicht suchte, und daß ich es nicht ertrug, daß sie fortgehen wollte. Mit ihr riß womöglich der Faden des Lebens ab, aber das durfte ich nicht sagen. Stattdessen forderte ich sie auf, vorzeitig von der Autobahn abzufahren und erzählte von Jack in the Green, der uns bestimmt bei sich übernachten ließ. Ich war neugierig, was aus seiner Hütte geworden war, und außerdem wollte ich nicht, daß Lena die erbärmlichen Straßen der Buchholzer City sah, auf denen ich mich immer herumtrieb.

»Wir brauchen noch ein bißchen Proviant«, meinte Lena und bevor ich reagieren konnte, fuhr sie ausgerechnet auf die verfluchte Tankstelle, die allabendlich von einer Horde Skinheads okkupiert wurde.

Ich sah die akkurat in Reihe aufgestellten Mountain-Bikes und die Typen dazu, von denen jeder eine Dose Faxe in der Hand hielt, aber Lena kümmerte sich nicht darum. Jeder von ihnen war einen Kopf größer als ein normaler Mensch.

»Lena?! Bist du eigentlich noch immer bewaffnet?«

Sie strich mir über die Wange. Ihre Hand war warm und trocken, ganz im Gegensatz zu meinen Händen. »Na klar«, sagte sie, »in meinem Alter muß man sich massiv verteidigen. Halt dich dicht hinter mir.« Sie lachte und öffnete die Tür. Die Skins rückten enger zusammen, murmelten irgendwas Abfälliges, ließen aber genug Platz, daß wir hindurchgehen konnten.

Wir kauften Rotwein und Bananenchips. Auf dem Rückweg versuchte einer der Skins, mir ein Bein zu stellen. »Hast 'n Gehfehler?« Sie lachten, als hätten sie diesen Witz nicht schon tausendfach gerissen. Aber sie hörten auf damit, als Lena einen nach dem anderen musterte. Ihr Blick blieb an einem Skin haften, der in zweiter Reihe stand. Ihre Gesichtsfarbe war nun eine andere, was ich nicht nur dem Neonlicht zuschreiben wollte. Sie war seltsam anzusehen, fast verrückt, und ihr Blick – es war ein böses hypnotisches Starren, das auch dann nicht nachließ, als sie sich mir zuwandte. Sie sagte, daß ich ihr folgen sollte. Ihre Stimme klang auch anders; weit weg und als spräche sie durchs Telefon. Wir gingen, ohne daß sich einer der Skins rührte. Erst als wir beim Wagen waren, fingen sie wieder an zu reden. Sie wurden lauter, und das Wort »Zeckenfotze« schwappte zu uns rüber.

Lena lächelte mich an, ganz freundlich und sanft. »Alles okay?« fragte sie. Dann gab sie Gas, und der Wagen machte einen Satz zurück. Die Skins stoben auseinander, nicht aber ihre Mountain-Bikes. Die wurden zu einem Haufen zusammengefahren und gegen die Wand der Waschanlage gedrückt.

Der schnellste der Skins schaffte es noch, eines unserer Rücklichter zum Splittern zu bringen, dann waren wir fort.

Lena legte Nada Surf ein und wirkte wieder ganz entspannt.

»Was, wieso waren die eben so still?« fragte ich vorsichtig.

»Selbst in der primitivsten Kultur gibt es einen natürlichen Respekt vor allen Geisteskranken.«

Ich war noch immer beunruhigt, aber sie zerstreute meine Zweifel, indem sie mir einen Rauchring entgegenschickte, der so groß wurde, daß ich meinen Kopf hindurchstecken konnte.

Während sie einen Gang höher schaltete, berührte ihre Hand mein Bein.


Ich erzählte Lena von Jack und der Rache des gefällten Baums. Sein Haus war stockfinster und machte einen verlassenen Eindruck, aber es stand noch und hatte offensichtlich ein neues Dach. Als wir ausstiegen, konnte ich jedoch sehen, daß noch immer Äste in den Himmel hineinragten. Es sah aus wie das überdimensionale Geweih eines Hirsches. Eine neue Tür gab es auch. Sie war nicht verschlossen, aber Jack schien nicht da zu sein. Und es gab auch noch Licht.

»Wow!« Es war ein verblüffendes Bild, das sich uns bot.

Der Baumstamm durchzog die Hütte wie am ersten Abend. Er begann in Fußbodenhöhe, stieg etwa im 45°-Winkel an und bildete somit eine perfekte Diagonale durch den Raum.

Jack hatte die Kiefer in das Haus eingebaut. Das Dach war mit Wellplatten aus Kunststoff abgedeckt worden, die er direkt an den Stamm geschraubt hatte. Diese Wellplatten waren fast durchsichtig, so daß der ganze Raum tagsüber von Sonnenlicht geflutet werden konnte.

»Hat er doch gut hingekriegt, oder?« Ich sah Lena an, die nicht unbeeindruckt war.

»Ja, paßt schon. Gibt's hier irgendwo ein Klo?«

»Weiß nicht.«

Sie ging hinaus, und ich entzündete die Fackel in der Küche. Leider waren alle Reagenzgläser leer. Ich fand Jack wirklich ausgeflippt, was vielleicht irgendwie positiv auf mich zurückfiel. Und er war nicht da. Ich ging auch nach draußen, machte es mir im Löffel des Katapults bequem und baute einen Joint. Dort drüben lag Buchholz. Ich sah das kühle, dunkelgelbe Licht, das wie eine Dunstglocke über der Stadt hing. Es war nicht strahlend, sondern von einer komischen Mattigkeit, die ansteckend sein konnte.

Lenas Gestalt löste sich aus dem kleinen Wäldchen, in dem ich vor ein paar Wochen herumgeirrt war. Ich sah sie im Dunkeln nur schemenhaft und studierte all ihre Bewegungen. Vielleicht hatte ich doch mehr Glück, als mir zustand. Ich hätte mich auch in ihren Schatten verliebt. Dann sah ich endlich ihr Gesicht.

»Willst du?« Ich reichte ihr den Joint. »Mit diesem Katapult haben wir versucht, Ruben zu den Sternen zu schießen. War aber nichts.«

Lena untersuchte den Mechanismus. »Willst du es versuchen?«

»Naja, okay.« Ich starrte die kleine Tanne an, in der Ruben gelandet war.

»Mal sehen.« Lena faßte den Hebel. »Bereit?« Ich nickte und erhielt einen Stoß. Es wurde ein kurzer Flug. Viel zu kurz, um wenigstens spektakulär sein zu können. Ich landete unverletzt neben der Tanne und drückte meine Nase ins Gras. Es roch gut, aber das war auch schon alles.

Dann fühlte ich Lenas Hand auf meinem Rücken. Sie bewegte sich ganz leicht hin und her.

»Bist du in Ordnung, Daniel?«

Na toll, dachte ich. Die allerkleinste Berührung und schon eine Erektion. Ich blieb auf dem Bauch liegen und drehte nur den Kopf in ihre Richtung. Sie lächelte und gab mir den Joint. Das beruhigte mich. Ich drehte mich ganz herum und lag ihr gegenüber. Jetzt wurde ich wieder nervös. Sehr nervös. Ich machte eine unbeholfene Handbewegung Richtung Buchholz.

»Kannst du mir mal sagen, wie ich hier schnell leben soll?«

»Schnell?«

»Das hast du mir mal geschrieben. Man muß schnell sein,

damit die Welt neben einem zur Ruhe kommt. Man muß sich so ausdehnen wie sie. Dann lebt man.«

»Aber das machst du doch. Sei nicht so hastig. Schnell ist nicht hastig.«

»Ich hänge hier nur rum und bin ein Sitzenbleiber. Ich werde nie so weit kommen wie du. Zum Beispiel Mexiko. Siehst du den Acker da? Der steht mir im Weg. Ist keine schöne Aussicht, oder?«

»Es gibt in jeder Hinsicht mehr als das. Und du mußt noch nicht einmal wissen, was du willst. Du mußt nur irgendwas tun. Sieh mal, du hast irgendwas getan und mich gefunden.«

Sie warf einen Büschel Gras nach mir, den ich fing und zwischen meinen Fingern zerrieb. »Da hatte ich wohl mehr Glück als Verstand.«

»Ja...« Lena stand auf und sah über mich hinweg auf das Feld. Mehr Glück als Verstand! Wenn ich in ihren Augen ein Glückskind war, konnte ich nicht damit zufrieden sein.

Aber wie sie so dastand, wurde mir klar, daß ich meine eigene Wichtigkeit mal wieder völlig überschätzt hatte. Sie dachte gar nicht an mich und mein langweiliges Glück, sondern an etwas ganz anderes. An Mexiko vielleicht, oder an ihr Leben, das für mich so geheimnisvoll war wie der Meeresgrund.

Sie schien nicht einmal zu merken, daß ich auch aufgestanden war und auf irgendeine Reaktion wartete.

Ich folgte ihrem drohenden Blick und sah den Acker mit all seinen öden Schrecknissen, die ich mit ihm in Verbindung gebracht hatte.

Sie sah wohl noch mehr. Ich hatte keine Ahnung, was das sein mochte. Irgendwas weit Schlimmeres.

»Lena?«

Sie reagierte überhaupt nicht, und ich sagte ihren Namen noch etwas lauter. Dann nahm ich meinen Mut zusammen und faßte ihre Hand. Sie war kalt. Viel kälter, als es in einer so lauen Sommernacht möglich sein sollte.

Ich drückte sie leicht, doch sie zuckte weder zurück, noch erwiderte sie den Druck.

»Lena?«

Endlich bewegten sich ihre Finger. Ich ließ sie sofort los, und ihr Arm sank zurück.

»Ja? Was ist denn?«

»Was? Ich weiß nicht. Es war, du warst nur...«

Lena schüttelte den Kopf. »Gehen wir wieder rein«, sagte sie.

Ich nickte automatisch, obwohl ich das ja nicht mehr tun wollte. Dann folgte ich ihr ins Haus. Weil ich nicht wußte, was wir machen sollten, zeigte ich ihr die Küche mit den Reagenzgläsern, legte eine CD ein und dann eine andere. Wir setzten uns an den Tisch, und mir fiel endlich eine Frage ein.

»Wie geht es eigentlich dem Typen, der damals dein Freund war, oder es sein wollte?« Aus irgendeinem Grund tat ich so, als wüßte ich seinen Namen nicht mehr, obwohl ich mir zu Recht blöd dabei vorkam. »Wie hieß er noch? «

»Ecki war in jeder Beziehung absolut clean. Das fand ich einerseits gut, aber es hat auch genervt. Ich stand ja früher ziemlich oft unter Drogen, das hast ja selbst du wohl mit deinen elf Jahren mitgekriegt. Er war immer die Bremse, und das gefiel ihm natürlich nicht. Jedenfalls, irgendwann fing er auch damit an. Ich fühlte mich nicht wirklich verantwortlich, weil er soviel älter war als ich. Am Ende war es die klassische Überdosis. Jetzt ist er wirklich für alle Zeiten mein Begleiter.«

»Das ist nicht deine Schuld«, erwiderte ich lahm. Natürlich kam ich damit nicht weit. »Hast du mit Ecki so geredet wie mit mir?«

Lena sah mich erstmals wieder an. »Du warst ein Kind. Und ich war stoned.«

»Nein, nicht wenn du über das wilde blaue Himmelslicht geredet hast, oder über Dinge, die wirklich wichtig sind. Kurz bevor wir losfuhren, um dich zu suchen, hat sich ein Junge aus meiner Klasse vor den Zug geworfen. Simon. Ein ganz normaler Junge.« Ich schwieg einen Agenblick, dann fuhr ich fort. »Manchmal denke ich, daß, wenn er dich gekannt hätte, und du ihm nur einen Satz hättest sagen können, dann würde er noch leben und sogar Lust dazu haben.«

Lena rückte mit dem Stuhl an mich heran und legte ihre Hände auf meine Knie. Sie waren nicht mehr kalt.

»Aber das ist falsch. Auch wenn du daran glaubst.« Dann ging sie, um den Wein und die Bananenchips zu holen.

»Ein Bilderbuchabendbrot«, sagte sie im Plauderton. »Alle Nährstoffgruppen sind vertreten.«

Wir hörten Musik, knabberten an den Chips, tranken, kifften und wurden letztendlich immer müder. Außer diesem Zimmer gab es noch einen Verschlag, in den Jacks Bett genau hineinpaßte. Die Bettwäsche roch muffig und war auch etwas klamm. Deshalb hielten wir es für besser, unsere Schlafsäcke zu nehmen. Ich stand mit meinem Knäuel vor Lena und wußte nicht wohin damit.

»Willst du, daß ich im Wohnzimmer Wache halte?« fragte ich scheinheilig.

»Das muß nicht sein, aber wenn es dein ausdrücklicher Wunsch ist, dann mach das.« Sie sah belustigt aus und verschwand in Jacks dunklem Verschlag.

Natürlich hatte ich ganz andere Wünsche. Ich wanderte im Zimmer auf und ab und dachte über eine Ausrede nach, warum ich auf jeden Fall mit in den Verschlag mußte. Erstmal klopfte ich gegen die Wand, weil Lena den Vorhang zugezogen hatte, dann versuchte ich es mit einem Witz.

»Jack ist ein gefährlicher Mann. Ein Bombenentschärfer. Und er ist verrückt. Wenn er mich hier findet und nicht gleich erkennt, kann er mich bestimmt per Knopfdruck sprengen. Wenn er uns aber schlafend findet, denkt er erst mal nach und hat Verständnis.«

»Na, dann komm. Und versuch gleich zu schlafen.«

Als ich das hörte, richteten sich alle Häärchen an meinem Körper auf. Mein alberner Schwanz machte es genauso. Wegen ihm machte ich mir Sorgen. Ich wollte mich nicht vor ihren Augen im Verschlag ausziehen, und sie durfte nicht sehen, daß ich eine Erektion hatte. Wieviel sollte ich überhaupt ausziehen? Die Schuhe, die Strümpfe, den Kapuzenpullover und das Shirt. Glücklicherweise hatte ich meine einzige Unterhose an, die nicht total lächerlich aussah. St. Pauli-Fanshorts. Und sie waren eine Nummer zu groß. Wenn ich vorne daran zupfte, fiel die Beule nicht weiter auf.

Aber erst Zähne putzen, sagte ich mir, ging zurück in die Küche, entzündete die Fackel und machte es. Ich putzte mir die Zähne wie ein Teufel, stieß die Bürste tief in den Rachen und spuckte geräuschvoll aus. Ein feiner Faden zog sich von meiner Unterlippe bis zum Abfluß der Spüle. Ich wischte ihn weg, drehte mich um und stieß mit Lena zusammen. Mein noch nicht ganz männlicher Oberkörper hatte für einen Augenblick Kontakt mit ihren Brüsten.

Sie trug ein schwarzes T-Shirt und eine grünweiß-gestreifte Unterhose. Warum hatte ich kein T-Shirt mehr an?

»Ich bin's nur«, sagte sie, und ich schloß gewaltsam meinen Mund. »St. Pauli, was?«

Dann putzte sie sich die Zähne. Sie machte es irgendwie besser als ich, appetitlicher. Ich durfte gar nicht an den Faden denke, der mich mit der Spüle verbunden hatte.

Da waren ihre Haare, die ihr Gesicht verbargen, ihr Hintern und ihre Beine. Ich ging rückwärts aus der Küche, zog mir auch ein schwarzes T-Shirt über und wartete in Jacks Verschlag.

Lena kam ein paar Minuten später. Sie rollte sich in ihren Schlafsack ein und sah aus, als wollte sie wirklich sofort einschlafen. Wenn ich sie berühren wollte, dann kam nur noch ihr rechter Arm in Frage. Ich wußte, ich mußte es einfach so tun, ohne zu fragen, aber ich sah bloß zu, wie sie immer gleichmäßiger atmete. »Schlaf schön«, sagte sie noch.

»Ja, du auch.«

»Hmmm.«

Ich war beinahe glücklich, aber ich dachte auch: Wenn das der Himmel war, dann mußte es noch einen anderen geben. Dann nahm ich ihre Hand und legte sie in meine. Vielleicht war es nur Einbildung, daß sie mich genauso festhielt, wie ich sie, aber es war eine schöne Vorstellung, der sich noch andere, viel weitergehende, beimischten.

Ich wußte nicht, war es erlaubt, daß man die Liebe seines Lebens von oben bis unten ablecken wollte? Oder, daß man seine Shorts verklebte, ohne daß es in ihrem Sinne war?

Lena schlief jetzt, und ich hielt weiter ihre Hand. Ich nahm sie mit in meinen Traum, in dem wir auf einem rechteckigen, hochgelegenen Plateau liefen. Tief unter uns spiegelte sich der Himmel im Wasser.

Lena breitete die Arme aus und sprang, aber sie konnte nicht fliegen. Als ich den Rand des Plateaus erreichte, sah ich nichts mehr von ihr. Nur noch Wasser, das in leichte Unordnung geraten war.

# Buchholz – Mexiko

*Inside where it´s warm wrap myself in you*
*Outside where I´m torn fight myself in two*
Smashing Pumpkins

Beim Aufwachen roch es schon wieder nach Haschisch. Ich erkannte mit einigem Schrecken Jack, der bärtiger denn je war und mir eine zweite Rauchwolke entgegen schickte. Ausweichen konnte ich nicht mehr, nur noch ganz und gar im Schlafsack verschwinden.

»Du kannst dich nicht ewig verstecken, Junge.« Jack grinste von Ohr zu Ohr. »Du hast sie also gefunden. Und? Hat es sich gelohnt?«

»Bist du blind? Wo ist sie überhaupt?«

»Irgendwo draußen. Sie will mir ihren Wagen verkaufen wegen der großen Flatter. Das kann dir nicht gefallen, oder?«

Das war nichts, was ich mit Jack besprechen wollte, deshalb bemühte ich mich um einen giftigen Blick. »Schönen Gruß von Nomad. Ich glaube, er mag dich nicht besonders.«

»Er mag sich selbst am wenigsten. Ich schneide noch ganz gut ab.«

Ich zog mich an und folgte Jack ins Wohnzimmer. Meine

Müdigkeit ließ mich die Besonderheiten seines Hauses vergessen, und ich knallte mit dem Kopf gegen den Baumstamm.

Jack lachte wie ein Viertklässler und führte mich an den reichlich gedeckten Frühstückstisch. Es gab drei verschiedene Torten. »Vielen Dank«, sagte ich. »Ist der O-Saft echt?«

»Absolut echt und unverfälscht. Lauter luftige Vitamine, wenn du an die moderne Welt glaubst.«

»Das tue ich. Was so leuchtend gelb ist, kann nicht schlecht sein.«

»Viel Erfolg.« Jack legte die Füße auf den Tisch, schlürfte seinen Kaffee und musterte mich wie ein Revolverheld den gegen ihn aufbrausenden Farmersohn. Als Lena hereinkam, zog er die Beine wieder zurück.

»Fühl dich nur ganz wie zu Hause«, meinte sie, aber Jack versteifte sich irgendwie.

»Jack nimmt den Wagen für fünfhundert und fährt uns nach Buchholz.« Lena warf mir eine Kußhand zu. Jack breitete die Arme aus und ließ sie wieder sinken. »Na schön«, sagte er.

Lena nahm ein Stück Kirschtorte, biß die vordere Hälfte ab und schob mir den Rest zwischen die Zähne. »Du bist ein Spitzenlover«, behauptete sie.

Jack verschränkte die Arme. Eigentlich war letzte Nacht nichts geschehen, aber sie machte das wohl, damit ich Jack einmal richtig ausgrinsen konnte. Genau das tat ich, aber ich mußte mich auch fragen: Wie sollte ich nur ein Spitzenlover werden?

Jack stürzte sich auf seine Marzipantorte. Er aß mit der Gabel und gab sich Mühe, aber das Sahnehäubchen schaffte den weiten Weg bis zum Mund nicht. Es platschte auf den Boden wie früher einmal Rubens Eis.

»Als ich noch klein war«, sagte Jack, »bin ich einem gefährlichen Gespenst begegnet. Das war mein Großvater. Er wollte mir sagen, wie ich zu leben hatte. Der Mensch muß seßhaft sein, hat er gesagt. Leider hat sich das ein Teil von mir gemerkt, und deswegen bin ich noch hier.« Er sah Lena eindringlich an. »Mach's besser, okay?«

Lena schob den Teller beiseite. »Mexiko ist nicht das Paradies, aber es ist hell. Ich will geblendet werden, jeden Tag. Du kannst mir weiterhelfen, wenn du den Wagen bezahlst. Hast du das Geld hier?«

»Ja, ich glaube.« Jack ging in die Küche und kam mit fünf brandneuen Hundertern zurück, die er Lena in die Hand drückte. Die gleiche Summe hatte Mario Papatia zugesteckt. Das hier war zwar etwas ganz anderes, aber mein Magen verkrampfte sich genauso wie damals.

Lena ließ alles hinter sich, während ich nur hoffte, in eine Zeitschleife zu geraten, damit die nächsten Tage niemals vorübergingen. Ich fand noch eine zerknitterte Zigarette, die ich mir anstecken konnte. Sie machte mir Kopfschmerzen.

Während die Beiden zum Wagen gingen, rollte ich die Schlafsäcke zusammen, verstaute sie und schleppte unsere Sachen nach draußen. Jack schien mit seinem Kauf ganz zufrieden zu sein. »Schön kantig«, sagte er.

Ich packte die Rucksäcke in den Kofferraum und nahm ganz selbstverständlich auf der Rückbank Platz. Jetzt war es unvermeidlich, daß alles in Buchholz endete.

Jack fuhr über die Autobahn, erfreute sich am Überholen und an der Größe des Wagens. Es dauerte keine Viertelstunde, bis wir das Ortsschild erreichten. Meine kleine Stadt, in der es nur Tanken und Videotheken gab. Und die Abandoned Sons, dachte ich noch, aber mein müdes Lächeln hielt nicht lange.

Lena drehte sich zu mir um. »Wir müssen noch einkaufen«, sagte sie. Ich nickte und war froh, daß sie sich die Stadt nicht so genau ansah.

»Fahr uns zu Famila«, schlug ich Jack vor. Dort war die Wahrscheinlichkeit am geringsten, daß ich auf Bekannte stieß. Die, die nicht verreist waren, hingen bestimmt alle vor dem City-Center herum.

Jack setzte uns ab. Er wünschte insbesondere Lena nur das Allerbeste und schüttelte uns die Hände. »Wir sehen uns ja auf Ralfs nächstem Konzert«, sagte er zu mir und lachte. Dann fuhr er ab. Lena sah zu, wie der kantige Schlitten einen Opel Corsa zu verschlucken schien und schließlich in der Kurve verschwand.

»Ich hatte in diesem Wagen verdammt viel Spaß«, meinte sie.

Ich paßte genau auf, ob sich nicht doch ein bekanntes Gesicht aus der Menge schälte, aber das war nicht der Fall. Trotzdem fühlte ich mich ziemlich gehetzt und drängte auf einen schnellen Einkauf. Bei Famila gab es alles, aber wir holten uns fast ausschließlich Kokosnüsse, weil es auf einsamen Inseln auch nichts anderes gab. Dazu kam noch Wasser und eine Flasche Rum. Hinterher gingen wir aber noch zum Chinesen.

»Meinst du nicht, daß es nur fair ist, wenn wir bei deinen Freunden anrufen?«

»Letztlich schon.« Natürlich, ohne Mick und Tim säße ich jetzt nicht mit Lena zusammen, und ich durfte nicht vergessen, Benny anzurufen, aber im Augenblick hätte ich um der Liebe willen alle meine Freunde geopfert.

Doch das nützte nichts. Während Lena telefonierte, hatte ich die erste unheimliche Begegnung seit meiner Ankunft. Der erste Wagen in der Autoschlange vor der roten Ampel war ein robuster Jeep, und am Steuer saß Ruben. Der war also jetzt achtzehn. Unsere Blicke trafen sich, und er zeigte mir den Finger. In dieser Pose verharrte er, bis er Grün hatte. Als er mit quietschenden Reifen anfuhr, fühlte ich Lenas Hand auf meiner Schulter.

»Wer war denn der Idiot?«

»Das war der größte Idiot der Welt. Und der ist jetzt auf der Überholspur.«

Mein Gott, war das alles blöde hier. Blöde, blöde Stadt. Wer konnte glauben, daß sowas Leben war? Aber nichts anderes war mein Leben, und wenn Lena fortging, wollte ich lieber den Kopf zerschmettert haben, als hier weiter mitzumachen. »Und?« fragte ich.

»Tim ist laut Anrufbeantworter mit seiner Mutter verreist, und Mick ist auch nicht da. Seine Mutter weiß nicht wo.«

»Er ist wahrscheinlich wieder nach Hamburg«, vermutete ich, »aber was machen wir jetzt?«

»Du hast recht«, gab Lena zu. »Das ist alles Scheiße hier. Wenn es so steht, dann ist die einzige Chance die Peripherie. Du kennst doch noch meine Theorie von den magischen Orten? Sowas brauchen wir. Wir wandeln auf den Spuren zurück zum geborgenen See. Da begann immerhin unsere Geschichte.«

Ich war nicht sicher, ob sie dieses Wort gebrauchte, um mir einen Gefallen zu tun, aber es wirkte. Der geborgene See, an dem in der anderen Zeit ihr Wohnwagen gestanden hatte.

Es war ein weiter Weg, der am City-Center vorbeiführte, an blöden Cafés und an Simons Haus, das still neben den anderen Häusern stand.

Das Blumenbeet vor der Tür war in Ordnung und ebenso das kleine Stück Rasen drumherum. Nichts deutete auf die Tragödie hin, die sich abgespielt hatte. Aber so war Buchholz, beschaulich auf den ersten Blick und dabei voller versteckter Fallen, in die man immer wieder hineinstolperte.

Wir erreichten den alten Wald am späten Nachmittag. Zu dieser Zeit warf die Sonne mein Lieblingslicht, so orange und als ob wir bis zum Ziel gehen könnten. Ich war so voller Erwartungen, obwohl das hier die Vergangenheit war. Aber sie war nicht tot, nicht einmal vergangen, und wir standen am Anfang. Es war gut. Nur der geborgene See war von irgendeinem wüsten Gestrüpp zugewuchert.

»Da vorne ist die kleine Lichtung«, sagte ich und nahm Lena bei der Hand, als würde mir das zustehen. Mein Gang war schlenkernd, und ich freute mich daran, wie gut meine Beine ihren Zweck erfüllten. Fast bedauerte ich es, daß die Lichtung nicht noch kilometerweit weg war.

»Werden wir uns immer kennen?« wollte ich wissen.

»Ja, wenn du meinst, daß wir uns jetzt kennen.« Sie lächelte und machte mich somit mutiger.

»Aber werde ich dich heiraten?« Ich hoffte nur, daß ich die

Balance zwischen Spaß und Ernst gehalten hatte, und daß mein Grinsen ansteckend und nicht unsicher war.

Lena schüttelte den Kopf, sah aber wohlwollend aus. Ich war jünger, und daß sie mich das nicht immer wieder spüren ließ, gab mir eine Art von Wichtigkeit, ohne daß meine Narrenfreiheit verlorenging.

»Gibt es denn nichts, was dich an mir stören würde?«

»Nein«, behauptete ich und behielt mein Grinsen bei.

»Und wenn ich mich prostituiert hätte, so wie Hester?«

Ich winkte ab.

»Und dürfte ich weiter koksen?«

Da wußte ich nicht so recht. Wenn Lena so etwas sagte, klang es kamikazehafter als bei allen anderen. Alles, was ich von ihr wußte, hatte mit Endgültigkeit zu tun. Das galt für das Anketten von Arschlöchern, wie leider auch für Mexiko.

»Das muß ich untersagen«, meinte ich nach einer Pause. Es war der Standardspruch meines Deutschlehrers.

»Aha.« Lena stand auf, streckte sich und ging zurück zum geborgenen See. Sie bedeutete mir in keiner Weise, ob ich ihr folgen durfte oder nicht. Ich tat es aber.

Sie lag bäuchlings im Gras. Ihre Beine waren angewinkelt, und sie bewegte ihre nackten Füße. Ich verlangsamte meinen Gang und gab mich Gedanken hin, die mindestens seltsam waren. Ich würde doch lieber ihre Füße küssen als die Münder von Kate Moss oder Juliette Lewis, lieber alles an ihr küssen, was als Schimpfwort in Frage kam, als jede Mainstreamschönheit auf normale Art nehmen. Dann lieber Lenas Hund sein. Ich legte mich neben sie. Wenn ich sie jetzt ansah, dann glaubte ich, daß es ihr gutging.

»Das Leben ist gar nicht schlimm«, sagte sie.

»Glaubst du, daß es sehr schlimm wäre, wenn ich dich jetzt küssen würde?« Das rutschte mir so raus. Für Sekundenbruchteile war ich mit dem Satz zufrieden, dann fand ich, daß ich ein Idiot war.

Lena sah mich erstaunt an. So als hätte sie gerade festgestellt, daß ihr Hund sprechen konnte.

»Daniel«, sagte sie, »bist du in letzter Zeit schnell gewachsen?«

»Wie bitte?«

»Nein.« Lena nahm meinen Kopf in ihre Hände. Ich wollte gar nicht darüber nachdenken, was für ein Gesicht ich wohl machte. »Nein, ist gar nicht schlimm. Nein, komm ruhig näher.«

Ich rutschte dichter an sie heran. Eine innere Stimme, oder vielmehr die irgendeines Filmhelden, legte mir einen weiteren Satz vor: Ich will wissen wie du riechst, schmeckst und dich anfühlst.

Aber ich schob das in einen entlegenen Winkel meines Kopfes. Lena drehte sich auf den Rücken. Da waren die Brüste unter ihrem Hemd, das ein bißchen nach oben gerutscht war und den Bauchnabel freigab, und eine Gürtelschnalle, von der man unmöglich feststellen konnte, wie sie aufging.

Ihr Mund war nicht mehr weit weg. Weil ich meine Hände zu feucht fand, drückte ich sie links und rechts ihrer Haare ins Gras. Ich beugte die Arme, und ihr Gesicht kam näher. Besonders ihr Mund, der sich ein bißchen öffnete. Ich atmete für eine lange Sekunde ihre Luft ein, dann berührten sich unsere Lippen. Und alles wurde ganz anders, als ihre Zunge in meinem Mund war. Lena schmeckte irgendwie nach Milch, nur süßer.

Ich hatte nicht damit gerechnet, daß sie mich so energisch festhalten würde. Ich spürte ihre Brüste, ihre Beckenknochen, und alles auf einmal.

Wie ein erfahrener Mann legte ich meine Finger unter ihre Achseln und gab auch etwas Druck. Ja, Druck. Das hätte ich wissen müssen. Für einen unbedeutenden Augenblick drehte sich alles, dann verklebte sich meine St. Pauli-Shorts. Eigentlich hätte sie das gar nicht merken müssen, aber ich kam mit dem Kopf hoch und verzog vielleicht auch das Gesicht. Lena faßte in meine Haare und grinste. »Siebzehn, was?«

»Was?!« Ich war entsetzt und wußte nur, daß ich jetzt nicht aufhören durfte. Weil ich den Blickkontakt gerade nicht ertrug, konnte ich nicht anders, als an ihr herunterzurutschen. Ich küßte ihren Bauch ab, ihren Nabel und jedes Stück Haut, das freigelegt war. Ich konnte sehen, daß Lenas Hände sich in das Gras krallten. Das machte mir neuen Mut.

Ihr kompliziert aussehender Gürtel ließ sich viel leichter öffnen, als ich befürchtet hatte. Fast profimäßig.

Lena kam mit dem Becken hoch, so daß ich ihre Hose abstreifen konnte. Ich nahm ihren Slip gleich mit, und dann mußte ich den kleinen dunklen Hügel, dieses evolutionäre Meisterwerk, einfach anstarren. War ich jetzt am Ziel meiner Wünsche?

Leider hielt Lena nicht lange still. Sie mußte sich von ihren Hosen freistrampeln und sank wieder nach unten. Genau wie ich. Ich konnte nicht anders.

Ich roch das Gras, und ich roch ihr Geschlecht. Wie bei einem Zungenkuß, sagte ich mir. Erst machte ich es ganz zahm und mit gespitzten Lippen, dann vergrub ich meine Zunge, meine Nase, was auch immer, und hoffte nur, daß ich zufällig die richtigen Stellen erwischte.

Vielleicht hatte ich Glück, denn sie preßte ihre Beine zusammen. Dazwischen war mein Kopf. Es war so naß, und ich konnte fast nicht atmen, aber es gefiel mir trotzdem.

Ich versuchte, die Bewegungen meiner Zunge ihrem Atemrhythmus anzupassen, doch der ging immer schneller, während meine Zunge immer schwerfälliger wurde. Das durfte ich nicht zulassen und kämpfte dagegen an.

Ob erfolgreich oder nicht, ich hörte auf, als ihre Beine lockerließen. Meine Ohren glühten, mein Gesicht brannte, und wahrscheinlich hatte ich einen glasigen Blick. Lena drehte herum und küßte mich auf den Mund, bevor ich ihn abwischen konnte. Aber wenn ich jetzt komisch schmeckte, war das ja nicht meine Schuld.

Nach dem Kuß kam der lange Blickkontakt, ohne daß ein Wort fiel. Mein Gesicht glänzte bestimmt wie das eines eingecremten Spanienurlaubers. Lena grinste und wischte darüber hinweg.

»Na? Wie war ich?« fragte sie und lachte ansteckend. Ich war erleichtert und legte meinen Kopf auf ihren Bauch. Daß sie so souverän war, erlaubte mir, sie witzelnd zu loben, obwohl ich eigentlich alles sehr ernst meinte.

»Du warst und bist in jeder Beziehung so viel phantastischer als alles, was es auf diesem Planeten sonst noch gibt. Und wenn bald ein UFO landen sollte, werden sie nur dich entführen.«

»Okay, danke. Das könnte ich vielleicht gebrauchen.«

Ich leckte mir über die Lippen, rauchte, und war extrem stolz auf das, was ich soeben getan hatte. Es gab meinem Leben die Bedeutung, die es vorher nicht gehabt hatte. Es war einfach so passiert, und Lena war so cool, daß ich es auch fast wurde.

»Solltest du nicht deine Unterhose wechseln?« fragte sie.

»Ja, später.«

Ich hatte andere Sorgen. Ihr Geschmack in meinem Mund ließ nach. Ich hätte anschließend nicht rauchen sollen wie ein Esel von Durchschnittslover. Außerdem fragte ich mich, ob ich geheimhalten sollte oder konnte, was geschehen war. Wahrscheinlich ging das auf Dauer nicht.

Unter mir knurrte Lenas Bauch. Ich drehte herum, küßte ihn, und sah zu ihr auf. »Du hast Hunger.«

»Stimmt. Und du?«

»Ich könnte die ganze Welt aufessen.«

»Dann los.« Leider war es so, daß uns die Kokosnüsse ziemliche Probleme bereiteten. Wir warfen sie gegen Bäume, aber die Schalen platzten einfach nicht auf. Weil nichts ging, machten wir uns auf die Suche nach großen Steinen.

Ich schlug einen anderen Weg ein als Lena, weil ich nun wirklich meine Unterhose wechseln wollte. Dabei fand ich zwei Steine, die in Frage kamen und kehrte mit ihnen zum geborgenen See zurück. Lena war noch nicht wieder da.

Ich wartete ein oder zwei Zigarettenlängen, dann ging ich sie suchen. Ich rief nicht nach ihr, weil ich – was wollte? Ja, ich wollte sie heimlich beobachten.

Spuren lesen konnte ich leider nicht, deshalb verließ ich mich darauf, daß sie tiefer in den Wald hineingegangen war. Ich lief etwas gebückt und im Zickzack. Wenn sie mich zuerst sah, in dieser Haltung, dann war ich natürlich der Trottel.

Aber ich hatte Glück. Zumindest, was das anging.

Etwa hundert Meter links von mir schlenderte sie durch den Wald. Lena suchte nicht nach Steinen, soviel war klar. Wie ein Wegelagerer verschwand ich hinter einer Kiefer, dann hinter der nächsten, und so weiter.

Lena ging mit ausgebreiteten Armen, dann blieb sie unvermutet stehen und legte ihren Kopf schief. Mit Daumen und Zeigefinger strich sie sich über das Kinn und setzte ihren unbestimmten Weg fort. Ich wunderte mich. Es sah ein bißchen verrückt aus und so, als redete sie mit sich selbst.

Ich folgte ihr noch vorsichtiger als zuvor, was wahrscheinlich gar nicht nötig war, denn Lena wirkte eher wie jemand, der sich von der Restwelt abgeschnitten glaubt.

Sie ging barfuß wie sie war durch Brennesseln und trat so entschlossen wie beiläufig gegen einen Brombeerbusch. Ich erschrak und wollte ihren Namen rufen, aber ich schluckte den Schrei hinunter.

Falls Lena sich bei dieser seltsamen Aktion verletzt hatte, dann war ihr das zumindest nicht anzusehen. Sie ging weiter, bis sie in einer Tannenschonung verschwand. Dort war es zu dunkel, als daß ich hineinsehen konnte. Ein paar Sekunden wartete ich unschlüssig, dann löste die Tatsache, daß ich sie nicht mehr sehen konnte, ein unverhältnismäßig intensives Angstgefühl in mir aus. Alle Vorsicht vergessend stürzte ich ihr hinterher, brach wie ein Wahnsinniger durch die Wand aus Tannenzweigen und sah mich um.

»Lena?« Keine Antwort. Hier war es auch am späten Nachmittag bereits dunkel. Noch einmal rief ich sie erfolglos. Mir war nicht wohl. Ich dachte an den Blick, den sie den Skins an der Tanke zugeworfen hatte. Dieses merkwürdige Starren. Und dann hatte sie sich geisteskrank genannt. Ich hatte das für einen Scherz gehalten.

Dann sah ich sie. Sie hockte vor einem Baum, hielt ihre Knie umschlungen und zitterte am ganzen Körper. Sie mußte mich längst gesehen haben, aber mein erster Gedanke war, daß sie mich nicht einmal jetzt sah.

»Lena?« Weil ich jede sich aufdrängende Frage für blöde hielt, umarmte ich sie, schüttelte sie leicht und küßte ihr Gesicht. Ihre Haut war naß und kalt, und ihr ausdrucksloser Blick streifte mich bestenfalls. Ich hielt sie weiter fest.

»Was willst du?« flüsterte sie. »Hab ich mich verirrt?«

»Komm mit. Wir sind nicht weit weg von unserem See. Ich habe Steine gefunden.«

Lena rieb sich das Gesicht, stöhnte auf und lachte dann. »Ist schon gut«, sagte sie.

»Du blutest.« Ich nahm ihren Fuß in meine Hände. »Kannst du gehen?«

»Natürlich kann ich gehen.« Sie machte sich von mir los und stand auf. Sie ging, und ich folgte ihr in einem Abstand von ein paar Metern. Aus irgendeinem Grund hielt ich es nicht für angebracht, neben ihr zu gehen.

Wieder am See schlug ich die blöden Kokosnüsse mit den Steinen auf. Es schmeckte entsetzlich, aber das sagte ich nicht.

»Mach dir keine Sorgen«, meinte sie, »das eben war nur ein Flashback. Das heißt, die Drogen von früher melden sich kurzzeitig zurück. Das geht vielen so.«

»Flashback?« Ich nickte, als erklärte sich damit für mich alles von selbst. Wir tranken von unserem Rum, bis es Abend wurde. Es war das Getränk der Gestrandeten. Dabei saßen wir an einem magischen Ort, der uns Kraft geben sollte.

Aber Wasser hatten wir ja noch. Und Zigaretten.

Lena fing sich und sprach mit weicher Stimme über ihre Zeit hier. Wir witzelten darüber, wie sexuell meine Absichten damals schon gewesen waren, und während wir so redeten verstrich für mich keine Zeit. Schließlich lagen wir eng umschlungen auf unseren Isomatten unter einem Schlafsack. Halb betrunken und glücklich schlief ich ein, obwohl ihre Haare mein Gesicht kitzelten.

Aber als ich nachts irgendwann mit Druck auf der Blase erwachte, war sie wieder fort.

Ich fuhr hoch, spähte in die Dunkelheit hinein und sah trotz aller Anstrengung so gut wie nichts. Über mir leuchteten die verdammten Sterne, als würde das irgendwas nützen. Ich rief nach ihr und lief in konzentrischen Kreisen um den geborgenen See.

Lena saß auf dem untersten Ast einer ausladenden Buche und ließ die Beine baumeln. »Was willst du eigentlich?« zischte sie. »Bleib weg von mir.«

»Lena, komm da bitte runter«, versuchte ich es.

»Du kannst nicht immer an meinem Rockzipfel hängen. Morgen bin ich fort und zwar ohne dich.«

»Ich komme jetzt zu dir hoch.«

»Du wirst mich nicht erreichen.« Lena stand auf und stieg eine Etage höher. Ich schwang mich an dem Ast empor, auf dem sie gerade gesessen hatte. Sie war vielleicht entschlossener als ich, aber nicht so schnell. Ich bekam einen ihrer Füße zu fassen und hielt fest.

»Laß mich schon los. Das hat überhaupt keinen Sinn.«

»Nein, was du machst hat keinen Sinn. Komm von diesem Scheißbaum runter.« Weil sie gerade keine Anstalten machte, sich loszureißen, lockerte ich etwas den Griff. Ihr Fuß schoß mir entgegen und traf meine Nase. Ich fiel, ruderte mit den Armen und krallte meine Finger in den Ast, der sich gerade anbot.

»Daniel, bist du okay?« Ich sagte, »ja«, was ein Fehler war, denn sie stieg nun höher und höher.

Ich folgte. Ich konnte nicht anders, obwohl ich alles andere als schwindelfrei war. Jeder Meter wurde zur größeren Qual als der vorherige, und was bezweckte ich eigentlich? Ich würde nicht noch einmal versuchen, Lena festzuhalten. Nicht in dieser Höhe.

Sie war immer etwa drei Meter über mir. Wieviel mittlerweile unter uns war, konnte ich in der Dunkelheit unmöglich sagen. In dieser Hinsicht war die Nacht hilfreich.

Allmählich wurden die Äste dünner und anfälliger für den Wind.

»Geh nicht weiter«, fauchte Lena mich an. Sie selbst hatte die Spitze annähernd erreicht und schaukelte über mir hin und her. Ihr Haar flatterte wie ein Banner um ihren Kopf, während sie sich mit nur einer Hand festhielt und mit der anderen unsichtaren Feinden zu drohen schien. Was sie sagte, konnte ich nicht verstehen.

Ich selbst umklammerte den Stamm wie ein Ertrinkender die zugeschwemmte Holzplanke und hatte Todesangst.

Ich hatte Angst um Lena, weil ihr alles zuzutrauen war, und ich machte mir fast in die Hosen, weil ich nicht schwindelfrei war. Es war so hoch, und es war überhaupt keine gute Nacht, um draufzugehen

Schnell leben konnte doch nicht bloß heißen, daß man einfach ins Gras biß. Das wollte ich doch nicht. Nicht so und nicht jetzt.

Ob es sich zu leben lohnte, bloß um in die Sterne zu starren so wie jetzt, oder um die Rinde dieses Baumes zu riechen? Oder weil man gesund war und noch laufen konnte? Für mich gab es immer noch ein weiteres Oder.

Ich nahm meinen Restmut zusammen und robbte höher, bis ich Lenas Fuß abermals hätte greifen können. Weil ich nicht wußte, was ich sonst tun sollte, pustete ich dorthin, wo ich die Schnittwunde vermutete.

Lena schaute zu mir herunter. Sie sah nicht verrückt aus. Auch nicht genervt, sondern gerührt.

Ich hoffte, daß sie auch ein oder zwei Gründe hatte, nicht loszulassen, und daß es ein Oder für sie gab. Eins, das genügte.

# Fruchtblasen

*I do declare*
*I can float in the air*
Ween

Die Nacht endete entgegen meiner schlimmsten Erwartungen nicht auf dem Baumwipfel. Nach dem Abstieg rauchten wir schweigend am See, dann schliefen wir ein, ohne uns zu berühren. In meinem Traum stürzte Lena an mir vorbei und durch alle rettenden Äste hindurch. Sie fiel durch die Nacht, bis sich tief unten die Erde auftat und sie verschluckte.

Aber beim Aufwachen war es ihr Gesicht, in das ich sah. Als ich meinen Kopf hob und ihren Namen sagte, lächelte sie schwach. Ich sah, daß sie ihre Sachen bereits gepackt hatte. Sie legte ihre Hand auf meine Wange und sagte, daß sie schon heute fahren würde.

»Aber dein Flug geht doch noch lange nicht.« War mein lahmer Einwand, aber der einzige, den ich ohne zu stammeln bringen konnte

»Schau, Daniel«, sagte Lena und bewegte ihre Finger auf meinem Gesicht, »du bist ein toller Junge, aber du kennst mich nicht. Ich kann nicht sein, was du willst. Ich kann gar nichts für dich tun, und du, du kannst jetzt nicht mitkommen.«

Ich küßte den Finger, der meine Lippen nachzeichnete. »Aber wo wirst du die nächsten Tage bleiben?«

»Ich habe eine gute Freundin in Frankfurt, die ich noch sehen will bevor ich gehe.«

Ich schloß die Augen. Mir war klar, daß nichts ihren Entschluß ändern würde. Mir war jetzt auch klar, daß es die Ewigkeit nicht gab und nichts, das uns gegen alle Logik wieder zusammenführen mußte.

Ich stand auf, drehte mich um die eigene Achse und sah, daß dies hier wirklich nur die Vergangenheit war, die nicht einfach so fortwirkte.

Lena warf mir einen bedauernden Blick zu, und ich war zu niedergeschlagen, um ihr noch einmal um den Hals zu fallen, um ihr zu sagen, was sie alles für mich war.

Ich konnte nur auch meine Sachen packen, während sie noch einmal zum geborgenen See ging. Sie kam zurück, bevor ich alles verstaut hatte, und wir machten uns etwas später auf den Weg.

Wenigstens kam sie nicht auf die Idee, den Bus zu nehmen. Sie griff nach meiner Hand, die dann zwei Stunden lang schlaff in ihrer lag und nicht einmal feucht wurde.

So erreichten wir den Buchholzer Bahnhof, den ich zu hassen gelernt hatte. Ein paar Mädchen von meiner Schule hockten zusammen auf einer Bank. Sie warteten auf den Zug nach Hamburg und begannen zu tuscheln, als sie mich mit der schönen Fremden sahen. Eine lachte sogar.

Wir hatten noch eine Stunde, bis der verfluchte Zug kam. Lena redete davon, daß sie mir schreiben würde, und daß sie mich auf jeden Fall wiedersehen wollte.

»Vielleicht in Mexiko, vielleicht woanders«, sagte sie, und ich nickte. Mir war zwar nicht danach zumute, aber dieser Automatismus ließ sich auch jetzt nicht abstellen. Und ich wollte ja wirklich glauben.

Lena umarmte und küßte mich, bis der Zug kam. Ich war bloß paralysiert. Der Zug, der Simon überrollt hatte, und der sicher keine gute Adresse war.

Er donnerte heran und entließ einen Schwall Menschen, in dem Lena gleich verschwinden würde.

Ich spürte, wie der Druck ihrer Hände auf meinem Rücken nachließ, dann glitten sie ganz weg.

»Alles Gute«, sagte ich. Ich wollte so viel mehr sagen, aber es ging nicht. Ich küßte ihre Hand, so wie ich das früher einmal getan hatte. »Wir sehen uns doch wirklich wieder?«

Lena lächelte. »Hör mal, die Welt ist nicht gerade zu groß für uns.«

Und dann ging sie. Noch immer strömten Menschen in alle Richtungen. Ich hatte Angst, daß Lena sofort aus meinem Blickfeld verschwinden würde, aber sie war in der Menge so auffällig wie jemand von einem anderen Stern unter Menschen nur sein konnte.

Und, unglaublich – alles außer ihr schien stillzustehen. Lena bewegte sich und hielt alles andere an. Ich folgte ihr am Bahnsteig entlang und stieß mit einem Mann im Trenchcoat zusammen. Er murmelte irgendeine Verwünschung, als stände ihm das zu, und ich schob ihn beiseite, aber der Zug fuhr an.

Noch war ich schneller als er.

Ich sah Lena, die sich neben mir aus dem Fenster lehnte. Unsere Hände berührten sich noch einmal, aber nur ganz kurz. Der Zug wurde schneller und schneller, viel zu schnell. Bald würde er die Stelle erreicht haben, an der er Simon getötet hatte.

Lena verschwand mit ihm in ein anderes Leben, von dem ich vielleicht nie etwas wissen würde.

Ich hörte zu rennen auf, als mein Seitenstechen unerträglich wurde. Der Zug war längst nicht mehr zu sehen. Und wenn ich mich umdrehte, waren da nur die Häuser von Buchholz.

Ich kaufte mir Bier und Zigaretten und hockte mich vor das Kriegsdenkmal in der Fußgängerzone. Mir war egal, wer dabei alles zusah, weil ich selber nichts und niemanden wahrnahm. Ich war ein Geist, und noch dazu ein betrunkener.

Alle verschwanden sie. Lena, Hester, Benny vielleicht auch.

Ich verließ irgendwann diesen Ort, irrte eine Weile ziellos in der Stadt umher und ließ mich dann auf der Bank vor dem Modehaus nieder. Jack hatte es noch nicht in die Luft gejagt, obwohl dem nichts im Wege stand.

Obwohl sich in meinem Kopf alles drehte, faßte ich einen einzigen klaren Gedanken, der mich verhöhnte wie der Teufel den Neuzugang in seinem Reich. Vielleicht wollte Lena gar nicht nach Mexiko, sondern würde in Frankfurt hängenbleiben. Dort gab es, soweit ich gehört hatte, nur Yuppies und Junkies. Und wenn ich an letzte Nacht dachte, dann war klar, wem Lena angehören würde.

Ich hatte das alles ganz deutlich vor Augen.

Die leere, fleckenübersäte Souterain-Absteige, ihr verquollenes Gesicht, das ganze Leben im Schatten der Frankfurter Wolkenkratzer.

Aber vielleicht, hoffte ich, irrte ich mich auch, wie so oft. Sie war stark, und dies war nicht der Stern, von dem sie eigentlich kam. Wahrscheinlich ging sie wirklich nach Mexiko.

Ich erinnerte mich klar an jede Sekunde, die ich mit ihr verbracht hatte, aber ich hätte nicht sagen können, wieviel Zeit das war. Ich erinnerte mich auch an ihren Geschmack in meinem Mund, aber leider wußte ich, daß das auch schon alles war.

Lena würde ich nicht einholen können. Sie bewegte sich wie ein ungebundenes Atom durch die Welt, während ich in diesem Ballungszentrum für Supermärkte, Videotheken und Fahrschulen festsaß.

Erneut stand ich auf und schlug ohne besonderen Grund einen der längst bekannten Wege ein. Ich wollte die Innenstadt möglichst weitläufig umkreisen, bis es dunkel wurde. Was dann werden sollte, war mir noch nicht klar. Dieses Buchholz mit all seinen wenig sympathischen Merkwürdigkeiten. Die Wohnstraße, die ich gerade durchlief, war nur ein Beispiel. Hier zeigte sich, was mit Träumen von Vorgärten geschah, wenn sie wahr wurden. Sie reichten einfach nicht.

Eine Familie, Vater, Mutter und der unglückliche Sohn, hatten ihren kniehohen Jägerzaun aus der Erde gezogen und fünfzig Zentimeter weiter zur Straße einen Graben ausgehoben. Jetzt faßten sie alle, auch der Sohn, den Zaun und stellten ihn in die frische Rinne. Sie erweiterten ihr Reich, und niemand lachte darüber, weil sie auf den ersten Blick viel zu vernünftig aussahen. Und sie schienen so sehr vom Nutzen ihrer Arbeit überzeugt zu sein, daß auch ich ihnen nicht zurufen mochte, daß das doch nichts brachte. Tatsächlich brauchte ich ein paar Minuten, um zu begreifen, wie verrückt das eigentlich waren, aber ich konnte trotzdem nicht lachen. Mir entschwand der Mut, diese Straße bis zum Ende zu gehen. Besonders der Sohn des Hauses, Viva-Baby mit H&M-Shirt, der sich weder schämte noch mir zuzwinkerte. Was würde geschehen, wenn der größer war als sein Vater?

Ich ging rückwärts, weil die Vorsicht gebot, eine solche Familie nicht aus den Augen zu lassen.

Vielleicht hätte ich in Ermangelung einer Karma Police die normale anrufen sollen, aber ich entfernte mich bloß kommentarlos und suchte Schutz im nahegelegenen Stadtpark.

Während ich dort auf die Dämmerung wartete, begriff ich mehr und mehr von den schlammigen Feldern aus meinem Alptraum. Bisher hatte ich in diesem Zusammenhang an ein Leben in stiller Verzweiflung gedacht, an ein zombiehaftes Dasein, das man ertrug ohne durchzudrehen, aber so war das nicht nur. Sehr viele fanden sich wirklich damit ab und drehten durch. Sie wurden wahnsinnig und litten nur in ihren klarsten Momenten. Das war das, was man später Glück nennen mußte.

Nicht weit von mir entfernt war meine Grundschule. Ich umrundete mehrmals das Gebäude, ohne wirklich sentimental zu werden. Nur ein bißchen geisterhaft kam ich mir vor.

Nach Geschäftsschluß traute ich mich zurück in die City. In der Fußgängerzone leuchteten die Laternen schon so hell sie konnten. Es reichte aber nur zu einem matten Schimmern, das nichts versprach.

Während andere Städte nachts zum Leben erwachten, hatten in Buchholz zu dieser Zeit nur noch stadtbekannte Schläger und mutmaßliche Triebtäter Ausgang. Und zu allen Seiten dieser Verkehrsinsel fuhren Typen in offenen Wagen auf Tanken vor. Nein, ich konnte nicht behaupten, daß ich nichts dagegen hatte.

Ich war nur einfach wieder da, hockte vor dem Springbrunnen und betrachtete die zusammengestellten Stühle vor der Eisdiele gegenüber. Natürlich hatte ich auch die Möglichkeit, bloß noch nach Hause zu gehen, aber ich wollte, daß mir noch etwas anderes offenstand als mein Zimmer. Selbst hier.

Irgendwo ganz in der Nähe spielte jemand Gitarre. Selbst ich konnte hören, daß derjenige sich nicht besonders darauf verstand. Sehen konnte ich ihn nicht, aber er mußte irgendwo hinter den Telefonzellen in meinem Rücken sitzen.

Ich verlor das Interesse, bevor ich mich zum Nachsehen aufraffen konnte. Stattdessen fragte ich mich, wer wohl jetzt Marios weißen Mercedes fuhr. Dieser Wagen hätte eigentlich Hesters Trophäe sein müssen, nur leider war es bestimmt wieder ganz anders gekommen.

Als ich gerade darüber zu hadern anfangen wollte, spielte der Typ in meinem Rücken einen vertrauten Song. Es war ein Stück von den Abandoned Sons. Diesmal stand ich auf und machte mich auf die Suche.

»Piet?« Er war es wirklich und sah noch weitaus heruntergekommener aus als beim letzten Mal. Sein Gesicht war aufgeschwemmt, verbeult und auf seinen Händen war mehr Schorf als Haut. Außerdem roch er auch auf drei Meter Abstand nicht gut.

»Hey, kennen wir uns?«

»Nein, nicht wirklich. Brauchst du was? Zigaretten? Oder Geld? Dann sag es.«

Piet sah mit halbgeschlossenen Augen in meine Richtung und schwieg. Ich stellte meinen Rucksack neben ihm ab.

»Einen Burger«, sagte er endlich, »so richtig mit Senf, Zwiebeln und Gurke. Besonders mit Gurke.«

»Okay, das wird gehen. Warte hier.« Ich lief zum nächsten Imbiß, kaufte ihm sowas in der Art und mir selbst ein paar Pommes. Als er seinen Burger verdrückte, sah ich lieber in eine andere Richtung. Außerdem fragte ich mich, wie man mit Mitte zwanzig noch so viele normale Pickel neben den Beulen haben konnte. Als er sich die Finger geleckt hatte, sah ich ihn mir noch einmal an. Wenn man sich Mühe gab, konnte man gerade noch erkennen, daß er nicht immer häßlich gewesen war. Und irgendwie rührte mich das.

»Spiel noch etwas Gitarre«, riet ich ihm.

»Okay, right now from here to nowhere.«

Er spielte unerwartet gut und sang von Freundschaft, Rebellion und dem zeitlosen Raum, in dem sich das alles abspielte. Daß man ihn von dort ausgeschlossen hatte, hatte sicher mit mehr zu tun als mit den Einstichen in seinen Armen. Auf jeden Fall schien er zu wissen, wovon er sang.

Mein Zuhören hatte nichts mehr mit Höflichkeit oder Mitgefühl zu tun. Ich dachte an mich selbst und versprach mir hastig, es nie so weit kommen zu lassen.

Nach dem fünften Song hörte Piet auf. Er schrumpfte zusammen, kaum daß er die Gitarre weggelegt hatte. Im Licht der Buchholzer Laternen sah er noch viel älter aus, als er in Wirklichkeit war.

Ich wußte nun auch, wie er als Greis aussehen würde, wenn er es überhaupt noch so lange machte.

»Eine gute Freundin von mir ist heute für immer nach Mexiko«, sagte ich, aber Piet hörte gar nicht zu.

Er begann mit dem Ritual, vor dem jeder immer wieder gewarnt wurde. Aber er lächelte, während er seinen Stoff aufkochte.

»Ich kette die besten Augenblicke direkt aneinander«, meinte er. »Nur darum geht's.«

Ich sah zu, wie er sich seinen Druck setzte. Ich fand nicht, daß es mir zustand, dem zu widersprechen, und schwieg schon allein deshalb, weil ich nicht reden wollte wie ein ängstlicher Laie.

Piet schloß die Augen und legte sich lang. Schließlich winkelte er mühsam die Beine an und verharrte in dieser embryonalen Pose.

Ich blieb bei ihm sitzen, weil mir sonst nichts einfiel.

Diese Twens. Als hätte man sie alle gerade aus dem Mutterleib gerissen und in die Welt gespuckt. Ich wollte wissen, was Piet so sehr verwundet hatte und rüttelte ergebnislos an ihm herum. Er lag nur da und träumte vielleicht von einem Leben in der Fruchtblase.

Ich konnte mir nicht vorstellen, daß das ganze Elend mit dem Rausschmiß aus der Band begonnen hatte. Nein, etwas fraß an ihnen allen, das ich noch nicht kannte. Etwas, das man nur besiegen konnte, wenn man plötzlich wieder wußte wer man war? Wenn man wie Lena mit oder ohne Flashbacks war?

Ich zündete mir eine Zigarette an und starrte die leere Fußgängerzone hinunter. Irgendwann mußte ich wieder hinter meinen Zaun, während Lena vielleicht gerade die Sonne schrammte.

Piet gab ein Geräusch von sich, das auf benötigte Fürsorge schließen ließ. Ich hob ganz behutsam seinen Kopf, schob ihm einen meiner Pullover drunter und deckte ihn mit einem anderen zu. Piet schien das zu mögen. Er lutschte erwartungsgemäß am Daumen.

Was konnte er noch brauchen? Meine Isomatte, eine frische Jeans und mein Restgeld. Das waren noch etwa hundertfünfzig Mark.

Ich stopfte ihm fünfzig in die Hosentasche und war froh, daß er das nicht mitbekam. Irgendwo in mir meldete sich eine Stimme, die behauptete, er würde das ja doch nur verschwenden, aber das ließ ich nicht gelten. Es konnte für einen perfekten Augenblick reichen.

Er schlief, und deshalb gab es keine Scham, und er brauchte es so oder so.

Ich setzte mich auf den Asphalt und wäre wohl auch so sitzengeblieben, wenn ich nicht Stimmen gehört hätte, die durcheinander redeten. Es klang nach Menschen, die jung und am Leben waren. Gemeinsames Gelächter gab es auch. Dann hörte ich Fußgetrappel, und dann sah ich sie.

Sie waren in meinem Alter, und ich hatte keinen von ihnen je zuvor in Buchholz gesehen. Drei Jungen und zwei Mädchen, und sie sahen alle gut aus. So wie die Gruppe vor dem Molotow in Hamburg.

Diesmal wollte ich sie nicht so einfach ziehen lassen.

Ich warf Piet einen Blick zu. Er schlief wie ein Baby, und ich beschloß, daß ich nichts mehr für ihn tun konnte, und daß er in Sicherheit war. Dann nahm ich meinen Rucksack und ging ihnen entgegen. Sie verstanden sich und alberten miteinander herum.

Es war ganz klar eine Clique, aber ich war so alt wie sie, und sie hatten sicher keine Geheimsprache. Es war alles noch viel einfacher, als ich zu hoffen gewagt hatte. Sie waren wie auf Ecstacy, und wenngleich sie mir nicht direkt um den Hals fielen, paßten sie doch auf, daß ich nicht verlorenging.

Einer der drei Jungen faßte meinen Arm und zog mich mit fort. Er machte es so, als wäre ich schon immer sein Freund gewesen. So wie es sonst nur Mick machte. Ich war mitten unter ihnen.

Noch einmal sah ich zurück. Dort hinter den Telefonzellen lag Piet. Hoffentlich wachte er nicht auf, bevor es hell wurde. Besser, es weckten ihn murrende Früheinkäufer am Morgen, als daß er noch in der Nacht hochschreckte und sich allein dort in der stillen Ecke vorfand. Aber was nützte es schon, daß ich ihm dieses bißchen Glück wünschte. Ich war bei den anderen.


Wir erreichten das JUZ, das ausstaffiert war, wie ich es bisher nicht gesehen hatte. Hier lief eine Art Rave ab.

Das Licht, das aus den Ecken kam, war unirdisch und orange-blaue Bilder hingen an silbernen Fäden an der Decke. Es gab Energy Drinks für eine Mark. Ich kaufte mir viele davon und trank so schnell ich konnte. Dann tanzte ich.

Wir tanzten und würden nicht aufhören.

Heike war auch da, und, kaum zu glauben, wir stießen uns freundschaftlich an. Sie war hübsch, aber ich dachte das nicht im Hinblick auf das, was ich davon haben könnte. Es war aber auch nicht wie sich plötzlich einstellende Geschwisterliebe, auch wenn jetzt so etwas wie Verwandtschaft fühlbar war. Nicht nur zwischen Heike und mir, sondern zwischen uns allen.

Wir tanzten, und wenn ein neues Gesicht vor mir auftauchte, sah ich mich in einer anderen Farbe vor mir. Wir vertrauten uns, obwohl es dafür eigentlich zu früh war.

Irgendwann würde einer von uns den anderen verklagen, verhaften oder einsperren lassen. Einer würde den anderen als geisteskrank kennzeichnen und ein entsprechendes Gutachten erstellen. Es würde Morde unter uns geben und kleinliche Betrügereien. Einer würde die Steuervergehen des anderen aufdecken. Einige von uns würden sich finden und in den Ehekrieg ziehen. Zwei von uns würden sich an verschiedenen Seiten des Tresens begegnen, und der eine würde dem anderen keinen Kredit bewilligen. Einer würde Pizzateig rollen müssen, während ein anderer Pässe kontrollierte und ein weiterer den nächsten zu filzen hatte. Ein Fünfter würde der Wärter des Sechsten sein.

Wir würden den Fortbestand der Welt, wie sie nun einmal war, garantieren. Die Welt, die wir haßten, die schlammigen Felder. Wir würden nicht anders können, als in sie hineinzuwachsen.

Ein Junge sprang mich an. Wir stürzten, wurden aber von anderen gefangen und wieder hochgerissen. Ein Lachen und weiter. Soweit war es noch nicht, oder? Noch waren wir anders.

Und vielleicht, nur ganz vielleicht, würden wir nicht hineinpassen.

**Colin Böttger**
wurde 1970 in Hamburg geboren. Seine Schulzeit verbrachte
er in Buchholz i.d. Nordheide. Seit 1992 lebt er in Bremen,
wo er Germanistik und Philosophie studiert und seinen Le-
bensunterhalt mit Gelegenheitsjobs finanziert.
Sein erstes Buch »Der verschlossene Wald« erschien 1998 im
Atlantik Verlag. Es erhielt vom Landesverband der Verleger
und Buchhändler Bremen die Auszeichnung »Bremer Buch
des Jahres 1999«. »Treibstoff« ist sein zweiter Roman. Im
Oktober 2000 wurde Colin Böttger mit dem »Bremer Autoren-
stipendium 2000« ausgezeichnet.

Colin Böttger
# Der verschlossene Wald
Hardcover, 166 Seiten, 24,80 DM
ISBN 3-926529-54-7
Atlantik Verlag

»Bremer Buch des Jahres 1999«

In »ihrem« Wald leben Daniel, 11 Jahre, und seine Freunde ihr eigenes Leben. Hier können sie auf geheimnisvollen Streifzügen ihrer Phantasie freien Lauf lassen – anders als im Alltag außerhalb des Waldes, wo ihnen Schule und manches Elternhaus oft fremd oder feindlich erscheinen.
Gleichzeitig wirbelt das aufkommende Interesse an Mädchen ihre Gefühle und das verschworene Bandenleben durcheinander, denn eines Tages trifft Daniel auf der »gefährlichen« Seite des Waldes auf die 15-jährige Ausreißerin Lena...
Eine spannende Geschichte über die Suche nach Orientierung und die Umbrüche zwischen Kindheit und Jugend.

*»Colin Böttger ist ein schönes, spannendes Debüt gelungen.«*
*(Weser-Kurier)*

---

Unser kostenloses Gesamtverzeichnis gibt es
im Buchhandel und bei uns:

## Atlantik Verlag
Elsflether Str. 29, 28219 Bremen
Tel: 0421-382535, Fax: 0421-382577
e-mail: atlantik@brainlift.de und www.atlantik-verlag.de